Inhaltsverzeichnis

Vorbemerkung

Fraglos zählen Aldous Huxley (1894—1963) und Ray Bradbury (geb. 1920) mit ihren Romanen „Brave New World" und „Fahrenheit 451" zu den interessantesten und lesenswertesten Autoren der modernen anglo-amerikanischen Utopie. Beide allerdings in einem Atemzug zu erwähnen, mag befremdlich erscheinen: Huxley und Bradbury gehören unterschiedlichen Generationen an, und in ihrem literarischen Werk dokumentieren sie auf höchst individuell ausgeprägte Weise Welterfahrung und Daseinsbewältigung. Die Details ihres Lebens wie auch ihres Schaffens entfernen sich geradezu mit Lichtgeschwindigkeit voneinander.

Was es dennoch rechtfertigt, beide Autoren in diesem Bändchen gleichzeitig abzuhandeln — wohlgemerkt nur in einem winzigen Ausschnitt ihres literarischen Werkes — ist zum einen die Zugehörigkeit beider Romane zum weiten Feld der „literarischen Utopie", zum anderen die in beiden Romanen auf je eigene Art thematisierte Frage nach der Bedeutung von Kultur und Geschichte für die Menschheit.

Als der jüngere Autor ist Bradbury nicht zwangsläufig der aktuellere in der Auseinandersetzung mit diesem Problemkreis, aber es ist auch nicht eben umgekehrt. Tatsache ist, daß Huxley's Roman von und mit seinem Ruhm nunmehr fast 50 Jahre lebt; interessanterweise hat er nichts an Aktualität eingebüßt, selbst nicht für den Leser unserer Tage. Die Erforschung seines literarischen Oeuvres gilt als abgeschlossen.[1] Bradbury's Schaffen — noch im Wachsen begriffen — bedarf erst noch einer umfassend-kritischen Verarbeitung. Dennoch haben wir zu Huxley keine ‚abgeklärte Distanz', im Hinblick auf Bradbury noch Hoffnungen und Erwartungen. Als Summe zu Leben und Werk beider läßt sich trotz der jeweils ganz eigenen Beantwortung von Lebensfragen eine Parallele dahingehend ziehen, daß sie mit ungeheurem persönlichen Einsatz (auch

1) Wir verweisen auf die Fülle des ‚gerundeten' Schrifttums zu A. Huxley (im Gegensatz zu R. Bradbury), von dem unser Literaturverzeichnis eine Auswahl enthält.

in ihrem literarischen Werk) Visionen und Phobien des Menschen in seiner übertechnisierten und überzivilisierten Welt nicht nur explorieren, sondern Hilfen zu ihrer Überwindung suchen und anbieten.
Beide Autoren haben im Literaturunterricht der Sekundarstufe II ihren Platz.[2] Dabei muß Huxley als die exotischere Erscheinung im Lektüre- und Autorenkanon angesehen werden. Unumwunden ist zuzugeben, daß Huxley für den suchenden Jugendlichen ein problematischer, ja gefährlicher Weg-Begleiter sein kann.[3] Ganz allgemein ist zu bedauern, daß in unserem Literaturunterricht die Systematik der „phantastischen Literatur" arg vernachlässigt wird. Darüber können weder einzelne Unterrichts-Sequenzen noch die insgesamt wohl zu knappen Hinweise auf den Umgang mit fiktionaler Literatur dieser Gattung im Unterricht hinwegtäuschen.[4]
Dabei gilt als weitverbreitete Erfahrungstatsache, daß Texte dieser Literaturrichtung Schüler aller Altersstufen interessieren. Der Unterrichtende wird aber ein feines Gespür für Maß und Ziel seines Text- und Unterrichtsangebotes haben müssen, will er nicht das zweifellos immer noch vorhandene Lesebedürfnis der Heranwachsenden unserer Tage mißbrauchen, indem er mit hochmotivierenden Texten etwa enggesteckte literar-erzieherische Zielsetzungen vorrangig zu verwirklichen trachtet.
Aldous Huxley ist nicht leicht zu lesen. Es bedarf in der Tat bereits sehr fundierter Kenntnisse des Englischen sowie eines gereiften Gesellschafts- und Kulturverständnisses, dem **Originaltext** von „Brave New World" zu folgen. Es will uns fraglich erscheinen, ob Schülern generell die Arbeit mit diesem Roman so zugetraut werden kann, wie sie von I. Sonnhütter in ihren „Stundenblättern"

2) Zwar wird auch „Fahrenheit 451" bereits für Abschlußklassen der Sekundarstufe I empfohlen, wir raten aber aus Erfahrung, auch diesen Roman erst zu einem späteren Zeitpunkt im Unterricht zu behandeln.
3) Näheres in den Kapiteln I und III, 1.3.
4) Wohl gibt es eine Reihe von Textsammlungen und geeigneten Einzeltexten für den Unterricht, jedoch ist uns keine strukturierte, schülergerechte Darstellung der gattungsgeschichtlichen und gattungstheoretischen Entwicklung bekannt, auf die der Unterrichtende zurückgreifen könnte.

(Klett Schulpraxis) entwickelt und vorgeschlagen wird.[5] Dasselbe muß zur unterrichtlichen Arbeit mit „Fahrenheit 451" gesagt werden, sofern man auch hier auf das **Original** zurückgreift. Darüber hinaus bereitet die Länge der Texte Schwierigkeiten, zumal nicht überall (selbst in 10. Klassen des Gymnasiums) die selbstverständliche Fähigkeit vorausgesetzt werden darf, Ganzschriften eigenständig unter Zuhilfenahme entwickelter **Arbeitstechniken** rezipieren zu können. Wie auch immer der Fachlehrer die Texte mit seiner Lerngruppe angeht, dem Schüler bleiben als wesentliche Leistungen das **Lesen** und **Verarbeiten** der Texteindrücke abzuverlangen. Dabei will ihm unser Bändchen helfen.
Dieser Erläuterungs- und Materialienband versteht sich aber keineswegs als eine ‚mundgerechte' Interpretation der Romane. Er will vielmehr ein ‚roter Faden' sein, um dem Lernenden das Aufnehmen und Vergleichen der Texte zu erleichtern.
Wir legen in beiden Fällen die **deutschsprachigen Ausgaben zugrunde.**[6] Dabei denken wir an den Deutschlehrer, der sich durchaus auch mit diesen Texten befassen könnte. Der Leser sollte seine Lektüre in jedem Fall mit dem Original begleiten. Jedem Lernenden, der sich den Romanen und ihren Autoren wirklich nähern will, empfehlen wir dabei (unabhängig vom Vorgehen des Lehrers im Unterricht) den folgenden Arbeitsweg:

- Lektüre der deutschsprachigen Fassung(en) mit Begleitung durch das englischsprachige Original.
- Formulieren von Eindrücken aus der Lektüre, Gliedern und systematisches Verfolgen einzelner Betrachtungsschwerpunkte.
- Vertiefung mithilfe der Kommentierung und Materialien.
- Weitere gezielte und ausgreifende Erarbeitung einzelner Aspekte mithilfe weiterführender Titel (vgl. Literaturverzeichnis).
- Nochmalige Lektüre der Romane im Original.

5) Wir wünschten, Schüler könnten entsprechend den Vorschlägen I. Sonnhütters generell gefordert werden. Praxiserfahrungen und Beobachtungen in der Lehrerausbildung machen uns in diesem Punkte allerdings eher skeptisch.

6) Eine deutschsprachige Werkübersicht findet der Leser am Schluß des Kapitels I.

Wir betonen, daß wir unsere Aufgabe in diesem Band nicht in der wissenschaftlich-kritischen Aufarbeitung der Sekundärliteratur mit bestimmten Schwerpunktsetzungen sehen. Aus dieser sowohl qualitativen wie auch quantitativen Selbstbeschränkung ergibt sich folgerichtig der Aufbau des Bandes, in dem neben Angaben zum direkten Textumfeld Materialien zur (kritischen) Eigenverarbeitung gestellt sind.
Beide Romane werden **nacheinander** erhellt, um dem Leser den beständig mit- und nachvollziehenden Vergleich zu ersparen. Das (umfangmäßige) Schwergewicht liegt dabei auf Huxley's Roman, ohne daß „Fahrenheit 451" bloßer Appendix wäre.
Es ist uns durchaus bewußt, welche Probleme sich dem Unterrichtenden (nicht nur dem im Fach Deutsch) täglich stellen. Unsere Hoffnung ist aber auf die Motivierbarkeit, Vernunft und Einsicht unserer Schüler gerichtet, in der Schule den „Umgang mit Texten" lernen zu wollen als Erfahrungs- und Prüffeld des Lebens, wenn auch gegenüber der Wirklichkeit von nur sekundärer Wichtigkeit. Literarische Bildung (man verzeihe diesen überholten Terminus!) kann und darf sich nicht nur im Unterricht vollziehen, aber ebenso wenig ausschließlich außerhalb des schulischen Einwirkungsbereiches.
Der Weg zur Literatur aber, darüber mag kein Zweifel bestehen, kann nur über das Lesen (-können) selbst gefunden werden, und kritische Teilnahme an literarischer Kommunikation ist das weiteste, auf diesem Wege anzustrebende Ziel.

I. Autoren-Portraits

Gebürtiger Amerikaner der eine, Wahlamerikaner von 1937 bis zu seinem Tode im Jahr 1963 der andere. Beide gelten auf ihre Weise als herausragende Repräsentanten der modernen anglo-amerikanischen Literatur.

Ray Bradbury, am 22. August 1920 in Waukegan/Illinois geboren, wird als profilierter „science-fiction"-Autor eingestuft. Zweifellos enthält ein großer Teil seines umfangreichen, dabei qualitativ ungleichen literarischen Werkes ausgeprägt phantastische Züge, viele seiner Bücher zeigen auch solche mit parabelhaft-symbolischer Aussagekraft. Fachleute nennen sein Hauptwerk, „The Martian Chronicles" (1950), das unlängst in einer weit weniger eindrucksvollen Fernsehfassung zu sehen war, als der Roman wirklich ist, „eine meisterhafte poetische Beschwörung einer zum Untergang verurteilten Welt."[1] Aber auch „Fahrenheit 451" muß zu seinen besonderen Romanen gezählt werden aufgrund der ihm eigenen symbolischen Realitätserfassung.

Sehr früh bereits bestimmte eine Art beinahe kühler Besessenheit vom Medium „science fiction" Bradbury's schriftstellerische Versuche, die lange Jahre erfolglos blieben. Weniger das Geldverdienenwollen stand dabei im Mittelpunkt seines enthusiastischen Einsatzes, als die unbeirrbare Überzeugung, der „science-fiction"-Literatur noch zeitgemäßere Themen und Artikulationsmöglichkeiten ab- und hinzugewinnen zu können. Zentral und für Bradbury's Schreiben charakteristisch ist, daß es ihm nie darum ging oder geht, allein seine Phantasie oder die seiner Leser zum Blühen zu bringen. Vielmehr stehen Gegenwart und Zukunft des Menschen, die Frage nach dem (Fort-)Bestand der Welt in der Mitte seines Denkens, Forschens und Schreibens. Er selbst äußerte: „. . . I think that science fiction and fantasy offer the liveliest, freshest approaches to many of our problems today, and I always hope to write in

1) vgl. R.A. Zondergeld. Lexikon der phantastischen Literatur S. 48

this vivid and vigorous form saying what I think about philosophy and sociology in our immediate future ..."[2]
Das Medium „science fiction" wird ihm zu einem beachtenswerten kultur- und gesellschaftspolitischen Argument, zur didaktischen Waffe schlechthin: „... Science fiction is a wonderful hammer; I intend to use it when and if necessary, to bark a few shins or knock a few heads, in order to make people leave people alone ..."[3]
Begreifen wir diese Aussage als Credo des Schriftstellers Bradbury generell, so ist dabei sein vehementer Gesellschaftsbezug herauszustellen, der ihn als ernstzunehmenden Autor unserer Zeit mit hohen ethisch-moralischen Ansprüchen an sich selbst und uns als seine Zeitgenossen ausweist.
Ganz anders *Aldous Huxley.* Für ihn bildete die „letzte Realität des mystischen Erlebens"[4] Ziel- und Endpunkt seines Denkens und Lebens. Den letzten Dingen auf den Grund gehen, *verstehen* eher als handeln, das kennzeichnet den geistigen Standort des am 26. Juli 1894 in Godalming/Surrey geborenen Schriftstellers. Die Fülle des Fragenswerten für den eigenen Erkenntnisprozeß und den der Menschen überhaupt fand in einer unerhörten Breite, Tiefe und unumstrittenen literarischen Qualität in vielen Büchern Huxley's einen Niederschlag. Darunter sind Romane, Lyrik, Kurzgeschichten, Essays, Einführungskommentare zu Anthologien, Übersetzungen fernöstlicher Religionsweisheiten, Stellungnahmen zu Fragen der kirchlichen Moral und Enzykliken, Lebensbilder von Künstlern. Huxley's literarischer Kosmos ist systematisch entwickelt; in seinen Schichten ist er transparent und abtragbar. In seinen literarischen Produktionen nehmen die Romane nur *einen,* nicht einmal den bedeutendsten Raum ein. Der Essayist Huxley dominiert, allerdings ergänzen sich Roman- und Essayschaffen auf das Vorteilhafteste.
Die Entwicklung in Huxley's Schreiben zeigt drei deutliche Stufen: die Phase der Desillusion in den 20-er Jahren, die eines Zynismus

2) vgl. S.J. Kunitz (Hg.). Twentieth-Century Authors. Zitiert in: J. Blakey, Fahrenheit 451, S. 6
3) ebenda, S. 7
4) R. Lucas. Frieda v. Richthofen, S. 313

in der Dekade danach und schließlich die des tiefen Fragens in den 40-er Jahren.[5)]
Mit seinem ersten Roman, dem ironisch-geistreichen „Crome Yellow“ (1921), eroberte sich Huxley als Romancier sein Publikum, das sich beständig erweiterte. Weitere Erfolge errang er im Jahrzehnt bis 1930 mit der Gesellschaftssatire ‚Antic Hay“ (1923) und seinem berühmten, formal anspruchsvollsten Roman „Point Counter Point“ (1928).
Grundzüge eines meditativ-religiösen Eindringens in die Frage nach dem Sinn des Daseins sind in der Essaysammlung „Do what you will“ (1929) angelegt. Huxley's Aufruf zur Rückbesinnung auf das griechische Lebensgefühl, die Untrennbarkeit von Geist und Körper zu suchen und das Göttliche in allen Lebenserscheinungen anzuerkennen, führte geradewegs auf „Brave New World“ und die späteren essayistischen und fiktionalen Antworten.
1932 erschien sein wohl populärster, aber keineswegs bester Roman: „Brave New World“.
Zum großen Thema eines Romans wurde dann der Mystizismus in „Eyeless in Gaza“ (1936) Vorläufig letzte Ausdrücke seiner Selbstversenkung in diesem Jahrzehnt waren der Essayband „Ends and Means“ (1937) und der Roman „After Many a Summer Dies the Swan“, den Huxley in Kalifornien schrieb. Dorthin hatte er sich auf seiner Suche nach neuen Einsichten zurückgezogen. In dem Roman entwickelte er die These fort, der Mensch müsse sich von seinen egoistischen Bedürfnissen befreien und zu einer neuen Einheit mit dem Göttlichen gelangen.
Seine fundierten Kenntnisse fernöstlicher Kulturen und religiöser Gebräuche führten ihn weiter zur Tiefe des Erkennens. Im Essayband „The Perennial Philosophy“ (1945) elaborierte Huxley seine nun bereits von der Erkenntnis durchleuchtete Philosophie. Je weiter Huxley sich in den Mystizismus vertiefte, desto mehr sensibilisierte er sich für die sinnlich-körperliche und spirituelle Wahrnehmung durch Opiate. Lucas schreibt: „. . . Er hatte in seinen frühen Jahren versucht, die dunklen Domänen mit Hilfe der etwas erratischen Röntgenstrahlen seines Intellekts zu durchdringen; jetzt

5) P.W. Gannon, Brave New World, S.5

stößt er ins Dunkel vor, um dort leuchtende Farben und Formen zu finden ... In dieser Phase seiner schmerzvollen Odyssee geht es ihm darum, Meskalin als ein Mittel zu benutzen, das den Eintritt in das okkulte Reich erleichtern soll, und er leiht damit dem Genuß von Rauschgiften die Respektabilität seines Namens".[6)]
In „Island" (1962) fanden die im utopischen Entwurf zuvor aufgeworfenen Fragen auch literarisch eine Antwort.

*

1920 Ray Douglas Bradbury am 22. August in Waukegan/Illinois geboren.
Verleger- und Herausgebertradition in der Familie.

1934 Umzug nach Kalifornien.
Bestimmender Einfluß auf seine Interessen durch Comic-Lektüre. Im Alter von 12 Jahren hat R. B. seine erste „Spielzeugschreibmaschine".

1935 Schreibversuche und lebhafte Bemühungen, noch als High-School-Schüler in Los Angeles bei berühmten Zeitungen und Zeitschriften („The Saturday Evening Post", „Collier's" und „Esquire") zu veröffentlichen.
Noch vor dem erfolgreichen Schulabschluß gründet R. B. die eigene Zeitschrift „Futura Fantasia" und wird Mitglied bei der „Los Angeles Science Fiction Society".
Bradbury schreibt unermüdlich und konsequent im Genre der „science fiction" und hat in der Zeitschrift „Script"

1940 mit seiner ersten Erzählung „It's not the Heat, it's the Hu" einen beachteten, freilich nicht honorierten Erfolg.

1941 — 1945 Bradbury schreibt nunmehr mit finanziellem Erfolg und öffentlicher Anerkennung eine Reihe von Erzählungen, die in einschlägigen Magazinen des Genres erscheinen, so in „Weird Tales", „Astounding Science Fiction" oder „Captain Future".

6) R. Lucas, S. 314

Ohne Zögern greifen nun auch die übrigen Magazine, darunter die angesehenen „American Mercury", „Charm" oder „Collier's", zu und erfassen eine breite Lesergemeinde.

Fleiß, Ausdauer und Freude am Schreiben zeichnen die Arbeit R. Bradbury's aus. Nunmehr tritt er mit Erzählbänden und Romanen hervor, die ihn auch in Europa einem breiteren Publikum bekanntmachen:

1947 „Dark Carneval"

1950 „The Martian Chronicles", ein Episodenroman um die Besiedlung des Mars

1951 „The Illustrated Man", eine Sammlung der bekanntesten Geschichten des Autors

1953 „The Golden Apples of the Sun", eine Sammlung von 22 Kurzgeschichten, schließlich

1953 „Fahrenheit 451".

1957 „Dandelin Wine"

1972 „The Halloween Tree"

1976 „Long after Midnight"

1983 Bradbury lebt und arbeitet in der kalifornischen Weltmetropole Los Angeles, der gigantischen Großstadt mit **mehr** als nur futuristischem **Einschlag**. Er braucht zu seiner Zufriedenheit ein Schreibpensum von vier Stunden pro Tag, das er eisern einzuhalten bemüht ist.

In deutschsprachigen Ausgaben erhältliche Bücher Ray Bradbury's:

Gesänge des Computers
I SING THE BODY ELECTRIC, 1. Teil Ullstein 31044
ISBN-3-548-31044-4 (18 Stories)

Die goldenen Äpfel der Sonne
THE GOLDEN APPLES OF THE SUN Diogenes 20864
ISBN 3-257-20864-2 22 phantastische Kurzgeschichten.

Der illustrierte Mann
THE ILLUSTRATED MAN Diogenes 20365
ISBN 3-257-20365-9 (18 Kurzgeschichten)

Die Mars-Chroniken
THE MARTIAN CHRONICLES Heyne 06/3410
ISBN 3-453-30280-X (SF-Roman)

Die Mars-Chroniken
THE MARTIAN CHRONICLES Diogenes 20863
ISBN 3-257-20863-4 (Roman)

Medizin für Melancholie
A MEDICINE FOR MELANCHOLY Heyne 06/3267
ISBN 3-453-30144-7 (16 Erzählungen)

Das Böse kommt auf leisen Sohlen
SOMETHING WICKED THIS WAY COMES Diogenes 20866
ISBN 3-257-20866-9 (Roman)

Fahrenheit 451
FAHRENHEIT 451 Heyne 06/3112 DM 4,80 — ISBN 3-453-30044-0 (Roman)

Die vergessene Marsstadt
I SING THE BODY ELECTRIC, 2. Teil Ullstein 31048
ISBN 3-548-31048-6 (Roman)

*

1894 *Aldous Leonard Huxley* wird am 26. Juli in Godalming/Surrey (England) geboren. Sein Vater, Leonard H. ist ein angesehener Literat. Der Großvater, Thomas H., hat sich als Naturwissenschaftler (Biologe) einen Namen gemacht. Die Mutter ist Nichte des bekannten Journalisten, Essayisten und Dichters der viktorianischen Epoche, Matthew Arnold. Huxley's Herkunft läßt erwarten, daß auch er eine Karriere als Wissenschaftler haben wird.

— Aldous Huxley erhält eine Schulausbildung in G. und Eton. Er will Arzt werden. Eine schwere Augenerkrankung läßt ihn fast erblinden. Huxley setzt sich notgedrungen ein anderes Studienziel.

1915 schließt er sein Studium der Anglistik am Balliol College (Oxford) erfolgreich ab.

1916 — Huxley wendet sich ganz der journalistischen und schriftstellerischen Arbeit zu. Er schreibt einige Bändchen Lyrik. Er nimmt als überall gern gesehener Gesellschafter Einladungen prominenter Wissenschaftler und Künstler an. Eine enge Freundschaft zu D. H. Lawrence beginnt; sie wird durch den Tod (1930) zu Frida Lawrence (geb. v. Richthofen) anhalten. Huxley begeistert sich für Lawrence's Traum von von „Rananim", der „Kolonie der verlorenen Seelen". Huxley heiratet Maria Nys.

1920 — erscheint der erste Erzählband, *Limbo.*

Reisend und schreibend verbringen die Huxleys ein Jahrzehnt auf der rastlosen Suche nach Erkenntnis und Wahrheit. Stationen sind Italien, Frankreich, Indien.

1921 — *Crome Yellow,* der erste Roman Huxley's, wird veröffentlicht.

1923 — dem *Antic Hay* folgt. — Huxley baut seinen Ruf als geistvoller Literat durch Essays und Kritiken aus. Das Jahrzehnt bildet seine schriftstellerische Doppelbegabung als Essayist und Romancier heraus.

1928 — Der wichtige Roman *Point Counter Point* wird veröffentlicht.

1929 — Essayband *Do What You Will.*

1932 — *Brave New World* erscheint, der Roman, der Huxley populär macht. Der Roman steht am Beginn einer vertieften Auseinandersetzung mit Philosophie und Religion.

1936 — *Eyeless in Gaza*

1937 — Essayband *Ends and Means.*

Das Ehepaar Huxley läßt sich in Kalifornien nieder.

Der hochgeschätzte Schriftsteller wendet sich intensiv der Erforschung parapsychologischer Phänomene zu. Huxley nimmt Verbindung zu Professor J. B. Rhine (Duke Universität Durham, North Carolina) auf.

1939 — *After Many a Summer Dies the Swan* wird veröffentlicht. Huxley's umfassendes Interesse und enzyklopädisch breites Wissen manifestieren sich in einer großen Zahl veröffentlichter Erzählungen, Aufsätze, Einführungskommentare etc. zwischen 1937 und 1960. Zu den bedeutendsten zählen der Band

1943 *The Complete Etchings of Goya,* die im Jahre

1945 herausgegebenen Essays *The Perennial Philosophy* und

1949 *Ape and Essence,* ein Roman, der die in *Brave New World* diskutierten Fragen weiterführt,

1951 *The Story of God.*

1952 — Im letzten Jahrzehnt vergeistigt sich Huxley im Okkulten, für das er sich mittels Drogen sensibilisiert und stimuliert.

1954 — *The Doors of Perception,* eine Studie über das Halluzinogen Mescalin, erscheint.

1955 — Tod seiner Frau

1956 — Im März heiratet Aldous Huxley die Film-Cutterin Laura Archera. Auch sie ist Anhängerin des Okkultismus. Zwischen beiden besteht eine tiefe wesensmäßige Verbindung.

1962 *Island* erscheint

1963 Aldous Huxley stirbt am 29. November.

Bei PIPER erschienene **Werke Aldous Huxley's:**

Eiland
Roman. Aus dem Englischen von Marlys Herlitschka.
2. Aufl., 10. Tsd. 1973. 344 Seiten. Leinen

Das Genie und die Göttin
Roman. Übersetzt von Herbert E. Herlitschka. Neuausgabe.
3. Aufl., 14. Tsd. 1977. 165 Seiten. Piper-Präsent. Geb.

Eine Gesellschaft auf dem Lande
Roman. Aus dem Englischen übertragen und mit einem Nachwort von Herbert Schlüter. 2. Aufl., 5. Tsd. 1977. 248 Seiten. Leinen

Meistererzählungen
Aus dem Englischen übertragen von Herbert E. Herlitschka/ Herbert Schlüter. 1979. 343 Seiten. Geb.

Parallelen der Liebe
Roman. Aus dem Englischen übertragen und noch für diese Ausgabe neu durchgesehen von Herbert E. Herlitschka.
1974. 369 Seiten. Leinen

Die Pforten der Wahrnehmung — Himmel und Hölle
Übersetzung aus dem Englischen von Herbert E. Herlitschka.
Neu durchgesehene Übersetzung. 10. Aufl., 56. Tsd. 1981.
135 Seiten. Serie Piper 6. Kart.

Schöne neue Welt
Ein Roman der Zukunft

Dreißig Jahre danach
oder Wiedersehen mit der Schönen neuen Welt
Neu durchgesehene Sonderausgabe. 1981. 369 Seiten. Geb.

Die Teufel von Loudon
Aus dem Englischen von Herberth E. Herlitschka.
2., neu durchgesehene Aufl., 7. Tsd. 1978.
399 Seiten mit 7 Abb. Leinen

II. Zur literarischen Utopie

Die Gattung der „phantastischen Literatur", zu der auch die **literarische Utopie** im engeren Sinne gehört, ist ungeheuer vielschichtig. Ihre Genres sind kaum abgrenzbar untereinander.[1)]

Literarische Utopien, von denen in diesem Erläuterungs- und Materialienband die Rede ist, gibt es seit dem klassischen Altertum. Platons „Politeia" gilt als die erste, wenngleich innerhalb der Forschung heute Einigkeit darüber besteht, daß dieser Staatsroman nicht eindeutig zur Gattung gehört. Eher kann sicherlich festgehalten werden, daß mit Thomas Morus' berühmter „Utopia" (1516) der Anfang der modernen literarischen Utopie gemacht worden ist. Seitdem ist der Umfang ‚utopischer' Literatur, um es sehr allgemein zu sagen, einschließlich ihrer trivialsten Ausdrucksformen nahezu unüberschaubar geworden. Obwohl die Forschungsliteratur, die mit Sansavino (1557) früh einsetzte, der Entwicklung in die Weite, Breite und Tiefe der Gattung auf den Fersen zu bleiben versuchte, kann sie kaum mehr klassifizieren, so fließend sind häufig die Grenzen selbst innerhalb der Genres.[2)]

Die utopische Literatur, um konkret den Gegenstand ins Auge zu fassen, hat zu allen Zeiten ihr Publikum gefunden, in allen Altersgruppen und Bildungsschichten. Zwei Gründe scheinen dafür ausschlaggebend zu sein: Zum einen ziehen phantastische Visionen und vordergründige Spannung den ‚naiven' Leser in ihren Bann, so daß gerade der Jugendliche in diesem Genre genau das Erforderliche antrifft, das sein auf „Entspannung, Unterhaltung, Zeitvertreib,

1) So schreibt R. A. Zondergeld: „... Ein vorläufiges Ende der Diskussion um den Begriff des Phantastischen in der Literatur ist nicht abzusehen, wobei die Hauptschwierigkeit, die auch von mehreren Theoretikern erkannt wurde, weiterhin darin bestehen wird, daß man, damit man zu einer Definition gelangt, zuerst eine gewisse Zahl von literarischen Werken auswählen muß, aber daß gerade das eine wie auch immer geartete Definition vorausgesetzt". — R. A. Zondergeld, Lexikon der phantastischen Literatur, S. 12 (vgl. ausführliche Angaben im Literaturverzeichnis).

2) Vgl. W. Biesterfeld, Die literarische Utopie, S. VII.

Illusion, Sensation, Nervenkitzel und Gefühl" gerichtetes Bedürfnis zufriedenstellt.[3] Zum anderen erfaßt die anspruchsvollere literarische Utopie als ein „empfindlicher Seismograph für die politischen, gesellschaftlichen und geistigen Strömungen ihrer Zeit, aus denen sie auszubrechen versucht"[4], eben auch den anspruchsvollen Leser.

In der **Geschichte der literarischen Utopie** unterscheidet W. Biesterfeld, dem wir hier maßgeblich folgen, **fünf** einander ablösende oder auch einander ergänzende **Haupttypen.** Er rechnet dabei nur jene als eng zur Gattung gehörig, die — von Blickpunkten außerhalb des Literarischen betrachtet — eine wie auch immer geartete Darstellung eines **politischen Gemeinwesens** verfolgen, sei es, wie es erwünscht, sei es, wie es nicht erwünscht sein sollte. Als Kriterien, die einen Vergleich und damit eine Klassifizierung zulassen, nennt Biesterfeld verbindlich: Die in einem Text geschilderte **geographische Lage** (1), **natürliche Voraussetzung** (2), **den dargestellten Kontakt zur Außenwelt** (3), die **politische Organisation** (4), **Familie und Moral** (5), Erziehung — Sprache — Kunst — Religion.[5]

In den Erläuterungsteilen beider Romane (vgl. Kapitel III, 1.1 — III, 1.5 und III, 2.1 — III, 2.5) werden wir darauf explizit eingehen, wobei die Kriterien aufeinander bezogen bzw. miteinander verbunden diskutiert werden.

Als **erster Haupttyp** der Gattung wird dabei die **„klassische Utopie"** gesehen, die in „kritischer Auseinandersetzung mit den grundlegenden Übeln der bestehenden sozio-kulturellen Systeme die rationalen und produktiven Möglichkeiten des Menschen betont und überbetont". Vornehmlich im 18. Jahrhundert ist der **zweite Haupttyp** angesiedelt, der des **„Fürstenspiegels"**, zumeist das in Romanform vorgestellte und idealisierte Leben einer historischen oder mythologischen Herrscherpersönlichkeit.

In den **„voyages imaginaires"** begegnet dem Leser der **dritte Haupttyp,** häufig nicht klar abgrenzbar gegenüber dem Bildungsroman. In der Literatur dieses Typs geht es zumeist um Reisen mit

3) Vgl. O. Watzke, Umgang mit Texten, S. 229
4) Vgl. Kindlers Lexikon der Weltliteratur, S. 9791
5) Vgl. W. Biesterfeld, Die literarische Utopie, S. 5

zeitentsprechenden oder phantastischen Flugmaschinen (Wells: „The Time Machine"), zuweilen im Traum, zuweilen auch als geistig-fiktive Verbindung in Briefen, so in den berühmten „Lettres Persanes" von Montesquieu (1721).

Als **vierter Haupttyp** sind die Erscheinungsformen des „science-fiction" zu nennen. Das Genre ist höchst umstritten und ist der literarischen Utopie nur dann zuzurechnen, wenn in ihnen Gesellschaftsfiktionen oder Probleme von gesellschaftlicher Bedeutung verarbeitet werden. In der Regel erfüllen die Serien-Heftchen diesen Standardanspruch nicht.

Den **fünften Haupttyp** macht die „Anti-Utopie" (Dystopie) aus. Sie betont das Bild einer „Gesellschaft und Kultur, in der die irrationalen und destruktiven Tendenzen ihre idealtypische Vollendung gefunden haben".[6] — Die beiden Romane Huxley's und Bradbury's sind diesem Haupttyp zugehörig.

An einzelnen herausragenden Autoren und Werken umreißen wir nunmehr wesentliche Erscheinungsformen der literarischen Utopie. Dabei heben wir auf chronologische Vollständigkeit oder repräsentative Dichte der in diesem Genre verarbeiteten Gesellschaftsfiktionen in keinem Falle ab. Auch geht es uns nicht darum, den jeweiligen literarischen Zugriff als exemplarisch für Zeit und Autor herauszustellen. Auf diesem Streifzug erscheint es uns hingegen wichtiger, Schlaglichter zu setzen, um **Konturen** dieses so vielschichtigen literarischen Genres ein wenig zu erhellen. Wir hoffen, dadurch und im weiteren durch die Erläuterung der beiden Romane den jungen Leser und den allgemein Interessierten zur Suche, Erforschung und zur Auseinandersetzung mit dem angesprochenen Gegenstand zu bewegen. Dazu mag auch die Auswahl hilfreicher Titel in unserer Verfolgbarkeit hin angelegten Literaturauswahl (vgl. Kapitel IV.) beitragen.[7]

6) Vgl. W. Bernsdorf (Hg.), Wörterbuch der Soziologie, S. 80

7) Eine sehr ausführliche und aktuelle Bibliographie (Sekundärliteratur) findet der Leser in dem überaus informativen Buch von Horst Schröder: Science Fiction Literatur in den USA.
Wir haben uns eher auf die Titel beschränkt, mit denen ein vertiefter Zugang zum angesprochenen Sachverhalt möglich war. Dies mag dem Neuling helfen, dem „Experten" auch noch nützlich sein.

Zwei Engländer und ein Italiener schreiben die ersten Utopien der Neuzeit, deren grundlegende Bedeutung und weitreichender Einfluß unumstritten sind: Thomas Morus, Francis Bacon und Tommaso Campanella. Ihre Bücher „Utopia" (Morus, 1516), „Sonnenstaat" (Campanella, 1602) und „Neu-Atlantis" (Bacon, 1624) sind die drei herausragendsten Staatsromane des Humanismus.
Das Gedankengut des Humanismus wurzelt in der Antike, und so repräsentieren diese drei Utopien die staatsphilosophische Selbstsicherheit eines „eben erst bewußt gewordenen Geistes in einem zukunftsfrohen und zukunftsträchtigen Intellektualismus".[8]
Wissenschaftlich umfassend gebildet, charaktervoll, staatsmännisch hochbegabt und reformerisch ambitioniert, ist der 1478 geborene **Thomas Morus** einer der größten Geister europäischer Kultur- und Staatsgeschichte überhaupt. Sein Hauptwerk „Utopia" stellt so etwas wie das „Urbild des Unerreichbaren" dar.[9]
Thomas Morus bekleidete höchste Ämter, war geachtet und geliebt und schien sein liberales staatstheoretisches Programm tatsächlich verwirklichen zu können. Die Liberalisierung, die er in Staat und Kirche anstrebte, erhielt ihre Begründung aus dem humanistischen Gedankengut, und seine „Utopia" stellt den optimistisch-fortschrittlichen Glauben an die Kräfte der Vernunft heraus.
Aus Gewissensgründen legte Thomas Morus keinen Eid auf die von dem maßlosen König Heinrich VIII. erlassene Suprematsakte ab, nach der dem Thron auch die höchste Entscheidungsbefugnis in Glaubensangelegenheiten eingeräumt werden sollte. Im Jahre 1532 wurde Thomas Morus wegen Hochverrats angeklagt, begründet mit dem revolutionären Gedanken seiner „Utopia". Er wurde 1535 hingerichtet.
Morus' berühmte „Utopia" gliedert sich in zwei Hauptbücher: ein einführendes, nachträglich verfaßt, und die eigentliche Utopie: Abbild des Bestehenden — Gegenbild des zu Erstrebenden. Morus' kritisch-oppositionelle Haltung kommt in der „Utopia" klar zum Ausdruck.

8) K.J. Heinisch. Der utopische Staat, S. 216
9) K.J. Heinisch, S. 224

Der im Jahre 1568 geborene Giovanni Domencio **Campanella** verbrachte beinahe die Hälfte seines Lebens in Gefängnissen. Als Jüngling kam er zu den Dominikanern, durchlief erfolgreich ihre Schulen und trat früh öffentlich als mitreißender und kühnstreitbarer Redner in Erscheinung. Der Obrigkeit mißfiel die kritisch-oppositionelle Haltung des jungen Mannes, der erstmals 1591 wegen Ketzerei verhaftet wurde. Zahlreiche Bücher Campanellas, die meisten unter unwürdigsten Bedingungen in Gefängnissen geschrieben und durch die Hand von Freunden und Gönnern in die Öffentlichkeit gelangt, künden von einer unbändigen reformerischen Besessenheit.
Die qualvollste Zeit durchlitt Campanella zwischen 1599 und 1626. Wegen Hochverrats verhaftet, wurde er erst ein gutes Vierteljahrhundert später freigesprochen. In diesen Jahrzehnten, oft von grausamer Folter unterbrochen, schrieb er seinen „Sonnenstaat". Der Autor zeigt seine geistige Verwandtschaft mit Thomas Morus, und auch formale Übereinstimmungen mit dessen „Utopia" lassen die Nachfolge erkennen.
Die Utopie Campanellas enthält eine große Zahl sich wiederholender oder unsystematisch angeordneter Gedanken in 30 Abschnitten sehr unterschiedlicher Länge. Es zeichnen sich sechs Großabschnitte ab, wie sie in Morus' Utopia auch zu finden sind: Beschreibung der Stadt — Verteilung der Ämter und Funktionen — die gesellschaftliche Ordnung — die Innenpolitik der Rechtsprechung — Außenpolitik mit einer sehr ausführlichen Darstellung des Kriegswesens — die Religion.
Campanella starb 1639 in französischer Emigration.
Francis Bacon, 1561 geboren, entstammte einem alten englischen Adelsgeschlecht. Er strebte erfolgreich eine staatsmännische Laufbahn an, für die ihm sein Ehrgeiz und das abgeschlossene juristische Studium ideale Voraussetzungen schufen. Auch er bekleidete höchste Ämter und Würden. Sein Erfolg, nicht immer mit feinen Mitteln errungen, mehrte die Zahl seiner Neider und Feinde beständig. Ein Korruptionsskandal, in den er verwirklicht wurde, setzte seiner politischen Laufbahn ein vorzeitiges Ende.
Von seinem Landsitz aus wandte sich der engagierte Politiker dem Schreiben zu. Bis 1624 arbeitete er an dem Ideal eines Staatswe-

sens, das seine Zukunft durch die vernünftig eingesetzten Vorzüge wissenschaftlich-experimentellen Erkennens und Durchdringens aller Lebensbereiche zum Wohle der Allgemeinheit garantieren wollte: „Neu-Atlantis". Macht- und Beherrscherwillen sind Maßstäbe für das Gelingen.

Bacon's utopisches Fragment ist als Reisebericht abgefaßt in einem lebendigen Wechsel von Erlebnis und Bericht. Es enthält vier Hauptkapitel, von denen die beiden ersten jeweils 7, das dritte hingegen 4 und das letzte schließlich nur 2 Unterkapitel aufweisen. In seinem Vorwort erläutert der Herausgeber von Bacon's Utopie, daß der Verfasser vorhatte, „in dieser Fabel ein Buch über die Gesetze oder über die beste Staatsverfassung zu schreiben."[10)]

Dieser Hinweis, Charaktere und Lebenswege der Verfasser nicht zuletzt machen klar, daß es sich bei allen drei Utopien um ernstgemeinte Eingriffe in das Staatsdenken handelte. Sie sind zu verstehen als „Reformprogramme, aus natürlicher Opposition gegen herrschende Zustände und bewußtem Besserungswillen erwachsen und daher keineswegs etwa zur Unterhaltung oder gar zur Belustigung eines sensationsgierigen Leserkreises bestimmt . . .".[11)]

Unmittelbare Nachfolger dieser Utopien im 17. Jahrhundert sind dann S. Gotts „Nova Solyma" (1648), J. Harrington's „The Commonwealth of Oceana" (1656), Denis Varaisse's „The History of Sevaritas of Sevarambi" (1675) oder J. Glanvill's „Anti Fanatical Religion and Free Philosophie, in continuation of New Atlantis" (1676). — Mehr als Vorwurf zu konkreter Staatstheorie verstehen sich Th. Hobbes' „Levaithan" (1651/1668), J. J. Rousseaus „Contrat Social" (1672), J. G. Fichtes „Geschlossener Handelsstaat" (1800) oder R. Owen's „The Book of the New Moral World" (1836-1844).[12)]

Sind die Utopien des ausklingenden 18. Jahrhunderts noch getragen vom Überschwang der Entdeckerfreude und eines naiven Weltgrößenbewußtseins, so bewegen sich die englischsprachigen Utopien des 19. Jahrhunderts auf weiter gespannte Dimensionen des

10) Rawley zitiert bei Heinisch, S. 174
11) Heinisch, S. 224
12) nach W. Biesterfeld

Denkens (Religion) und umfassende Kategorien supranationaler Beziehungen (Handel, Wirtschaft) zu.

Ab Mitte des 19. Jahrhunderts tritt die Behandlung sozialer Probleme in den Vordergrund auch der literarischen Utopie. Sie werden ausgelöst durch das Aufbrechen sozialer Unterschiede und die geistige Umschichtung im Sog raumgreifender Industrialisierung. Karl Marx schafft als Staats- und Wirtschaftstheoretiker die geschichtlich-philosophischen Grundlagen. Utopien von der Zeit an verstehen sich bereits häufig als „nüchtern berechnete ökonomische Konzepte oder zum direkten Handeln auffordernde Aktionsprogramme.[13] Titel wie Edmond's „Practical, Moral and Political Ecconomy" (1828), Bray's „Labour's Wrongs and Labour's Remdey" (1838) oder Forrest's „A Dream of Reform" (1848) weisen als frühe Äußerungen die Richtung voraus. Auch die 2. Hälfte des 19. Jahrhunderts setzt den Tenor einer konkreten und pragmatischen Utopie fort mit Pemberton's „The Happy Colony" (1854). Carpenter's „The Promised Land" (1875) und Fairfield's „The Socialist Revolution of 1888 by an Eye Witness" (1884).

Gegen Ende des vergangenen und zu Beginn dieses Jahrhunderts verstärkt sich das Sozialbewußtsein in England im Aufbegehren gegen das geschlossene Gesellschaftsbild des Spät-Viktorianismus. Journalismus und Romanschaffen verbinden sich bei führenden Schriftstellern wie Wells und Bennett und erreichen eine breite Öffentlichkeit. Wohl versucht die edwardianische Epoche (1901-1910) in ihrer spätbürgerlichen Ausprägung noch am viktorianischen Wertgefüge festzuhalten, doch kann sich auch das gebildete Lesepublikum nicht länger dem sozial tendenziösen Pessimismus eines Conrad („Nostromo", 1904) Galsworthy („The Man of Property", 1906) oder Bennet („Clayhanger" 1910) verschließen. Der strenge Kodex beinahe eines Jahrhunderts wird aufgebrochen und allmählich überwunden. Die Zeit markiert den Übergang zu den Erschütterungen der kommenden Jahrzehnte.

Der entscheidende Anstoß für das Entstehen der modernen sozialkritischen Utopie erfolgt durch die Verschiebung der machtpolitischen Verhältnisse und die rasante Entwicklung unseres Jahrhun-

13) W. Biesterfeld, S. 54

derts. Was sich unüberhörbar in J.K. Jerome's Erzählung „The New Utopia" (1891) gegen den neuen technischen Geist der Zeit und die damit verbundene Entmenschlichung ankündigte, hat dann im 2. Jahrzehnt erschreckend konkrete Aufhänger: Der 1. Weltkrieg erschüttert Europa und die Welt folgenreichst.

Der 1. Weltkrieg mit der sich anschließenden Russischen Revolution führt geradewegs in den Faschismus, an dessen (vorläufigem) Ende der Wahnsinn des 2. Weltkriegs stehen wird.

Die herrschende Autorengestalt der literarischen Utopie über zwei Jahrzehnte hinweg war *H.G. Wells (1866-1946),* der in gesellschaftskritischer Absicht die Ergebnisse des „technologischen und wissenschaftlichen Fortschritts des 20. Jahrhunderts als Anregungen für den Entwurf einer phantastischen Zukunft" verwertete.[14]

Formal geben seine bekanntesten Romane[15] Vorbilder für die **Dystopien Huxley's und Orwell's („1984")** ab. Sie werden für diese Autoren jedoch eher zu einer negativen Herausforderung, die aus einer weitaus kritischen Distanz die verhängnisvolle Wirklichkeit skrupellosen Wirtschaftsmißbrauchs (Huxley) und totaler Manipulation der Menschheit (Orwell) darstellen.

In unmittelbarer zeitlicher Nähe zu ihren Dystopien stehen die politischen und sozialen Satiren der E. Waugh und J. Cary als andere Ausdrucksformen auf der Suche nach „neuen Lösungen für die kritisch gesehene zeitgenössische Gesellschaft", die sich ihrer Gefährdung in Gegenwart und Zukunft nicht bewußt zu werden scheint.[16] In den 40-er Jahren begegnen wir verstärkt der literarischen Utopie auch aus der anglo-amerikanischen Literatur: „The Skin of Our Teeth" (Th. Wilder/1942), „One World" (W. Willkie/1943),

14) W. Karrer/E. Kreutzer. Daten der englischen und amerikanischen Literatur, S.70

15) Dazu zählen: „The Time Machine" (1895), „The War of the Worlds" (1898), „The First Men in the Moon" (1901) und „Tono-Bungay" (1909).

16) Wir nennen „Vile Bodies" (1930) und „A Handful of Dust" (1934) von E. Waugh sowie „Mr. Johnson" (1939) von J. Cary.
Vgl. W. Karrer/E. Kreutzer, S.25-27.

„That Hideous Strength“ (C. S. Lewis/1945), dann in den beiden folgenden Jahrzehnten **„Fahrenheit 451“ (R. Bradbury/1955),** „The Naked Lunch“ (W. S. Burroughs/1959), „The Soft Machine“ (1961) und „The Ticket That Exploded“ (1962) oder „Stranger in an Strange Land“ von R. A. Heinlein (1961).
Mit der Ausdehnung der Supermächte in das Weltall hinein und mit ihrem Wettlauf zu den Sternen setzt sodann weltweit, bis in unsere Tage anhaltend, die Flut der „science-fiction“-Literatur ein. Während die Serien-Produktion als „Heftchen“ oder seit Jerome Siegel's „Superman“ aus dem Jahre 1938 als „comics“ reißenden Absatz fanden, während sich das Fernsehen mehr und mehr der SF bemächtigte im seriösen Film oder banalen Trickfilmfolgen, entwickelte sich auch das literarische Genre „science fiction“ in der praktischen wie auch theoretischen Bewältigung interessant und vielströmig fort, dabei sein Publikum mehr als jede andere literarische Gattung gewinnend.
Neben bekannten Autoren-Namen (Bradbury, Burroughs) tauchen neue auf (B. Aldiss, I. Asimov, F. Herbert, um nur bei den Amerikanern zu bleiben), und die Fülle der Autoren mit gut geschriebener „phantastischer“ Literatur ist, international gesehen, über den engen Rahmen der literarischen Utopie hinaus, in der Tat schwindelerregend.
Bemerkenswert ist, daß in jüngster Zeit trotz einer nur gehobenen Mittelmäßigkeit im Niveau des Genres SF-Autoren in den USA allmählich Bestsellerpositionen erklimmen. Nach wie vor aber gelten neben den herausgehobenen Bradbury und Burroughs bekannte Autoren wie die erwähnten Brian Aldiss („Helliconia Spring“, 1982), Isaac Asimov („Foundation's Edge“, 1982) oder Robert A. Heinlein („Friday“, 1982) zu den Großen der SF-Szene, obwohl letztlich keiner von ihnen an die Schreibqualitäten eines Ray Bradbury heranreicht. Es spricht unserer Ansicht nach schon für sich, wenn so namhafte Autoren wie Chr. Isherwood (geb. 1904) und W. H. Auden (geb. 1907), die mehrfach als Autorenteam in Erscheinung traten (z.B. mit „The Dog Beneath the Skin“, 1935 oder „The Ascent of F6“, 1936), Bradbury als einen Schriftsteller mit besonderer poetischer Begabung rühmen. Selbst wenn Bradbury etwas in der Gunst der Kritik und des Publikums gesunken ist, trifft diese Einschät-

zung auf den angesprochenen Roman zu. Darauf werden wir im Zuge unserer Erläuterungen noch zurückkommen.
Als Fazit dieses kleinen Exkurses kann gezogen werden, daß wohl das Genre „science fiction" als einer der Haupttypen innerhalb des weiten Feldes der literarischen Utopie populärer geworden ist (auch bei uns stieg das Interesse der Leser sprunghaft an), die **anspruchsvolle literarische Utopie** jedoch keine neuen Meilensteine in der Geschichte der Gattung zu setzen vermochte, nimmt man „Brave New World", „1984" oder auch „Fahrenheit 451" als Maßstab.[17)]
Umso berechtigter erscheint es uns daher, sich immer wieder einmal jenen Großen vergleichend und aus veränderter Perspektive zuzuwenden, gerade weil sie in ihren Büchern weitab von sensationsheischender Unterhaltungsbeflissenheit eindringlich ihre Angst vor der bedrohten Zukunft des Menschen für uns alle artikuliert haben.

17) Es wäre ungerecht, die Verdienste eines Stanislaw Lem um die Theorie und Praxis zur „phantastischen Literatur" ganz allgemein hier nicht zu erwähnen. Unsere Aussage ist auf den anglo-amerikanischen Literaturraum einerseits zu beziehen, für den sie berechtigt ist, und sie gilt insoweit auch für den internationalen (Entwicklungs-) Stand, als die Ausnahmestellung der Huxley, Orwell oder Bradbury stets neu bestätigt wird.

III. Erläuterungen

1 Aldous Huxley: Brave New World

1.1 Literarhistorischer Kontext, Aufbau und Bedeutung

Die beiden bedeutendsten utopischen Romane der englischen Literatur aus diesem Jahrhundert, „Brave New World“ und „1984“ haben — abgesehen von ihren Wurzeln in der eigensprachlichen Utopie — einen gemeinsamen ‚Stammvater‘: den Roman „MY“ (Wir) des russischen Romanciers Evenij I. Zamjatin (1884—1937), über den es heißt:

„Zamjatins Roman hat die bekanntesten Sozialutopien der Moderne, A. Huxleys *Brave New World* und G. Orwells *1984* vorweggenommen. Zumindest Huxleys direkte literarische Abhängigkeit von diesem Werk ist sehr wahrscheinlich; der Handlungsverlauf in *Brave New World* deckt sich bis in Einzelheiten mit der des russischen Vorbildes. Den Mathematismus Zamjatins, der seinen Niederschlag nicht allein in der Art der dargestellten Denknormen, sondern ebenso in einer kontinuierlich mathematisch-physikalischen Metaphorik des Stils findet, ersetzt Huxley durch den Biologismus des sog. „Bokanowsky-Verfahrens“. . .[1])

Huxley's gesellschafts- und zeitkritische Anti-Utopie wird in ihrer aggressiven Schärfe den besten Werken von Swift und Voltaire an die Seite gestellt. „Brave New World“ muß im Zusammenhang mit „Ape and Essence“ (1949) und „Island“ (1962) als eine Station auf seinem Weg vom satirischen Roman zur positiven Utopie seines letzten Schaffensabschnittes gesehen werden, die Huxley noch als den sich selbst Suchenden zeigt, der weit entfernt ist von der wahren Erleuchtung.

1) Vgl. H. U. Lindken, Erläuterungen zu G. Orwell's „1984“, Hollfeld 1983[3] und R. Poppe, Vision und Wirklichkeit in der literarischen Utopie, Hollfeld 1983[2], S. 71. —
Im Teilkapitel 1.3 wird dieser Begriff neben anderen genauer erklärt.

Indien, DDR, 3. Reich

Huxley's ‚schöne neue Welt' ist im phantastischen Jahr 632 nach Ford angesiedelt. Die Menschen einer ‚zivilisierten' Welt sind glücklich; sie können nicht anders, denn ihr Glück ist genormt. Seriell werden die Menschenkasten in Laboratorien produziert, typisiert nach zukünftigen Aufgaben von Führung oder primitiver Dienstleistung. Überwachende Instanz sind die *Weltaufsichtsräte* (WAR), deren einer, *Mustafa,* für die in diesem Roman abgebildete Gesellschaft zuständig ist. Verantwortlicher Leiter unter ihm ist der Direktor der ‚Brut- und Normzentrale' (BUND). Er kontrolliert den reibungslosen Ablauf vor Ort.

Das Wohl dieser menschlichen Gesellschaft steht auf drei Säulen: der wirtschaftlichen Prosperität (Ford), des Gemeindenkens (Marx) und der strengen Wissenschaftsgläubigkeit (Freud), deren positive Beiträge zum wirtschaftlichen, gesellschaftlichen und bewußtseinsmäßigen Fortschritt der Menschen pervertiert werden: In einer zur Oligarchie entarteten Gesellschaft ist jede Individualität ausgemerzt worden. Jedes Eigenprofil wird durch Massensuggestion und Hypnopädie ‚von der Wiege bis zur Bahre' verhindert, ja, eliminiert. Gesichtslosigkeit hat eine Entsprechung in der Alterslosigkeit der Wesen, die den Staat abgezählt und geschichtet bevölkern. Mittels Drogen und und sexueller Massenstimulierung werden die Bedürfnisse reguliert.

Mit *Sigmund* und Helmholtz-Watson treten dem ein bewußtseinsloses Glück normierenden Staatsapparat zwei junge Männer entgegen. Sigmund mit dem Zuviel von der „alten Zeit" und Helmholz als literarischer Renegat werden mundtot gemacht und ins Exil geschickt, das den bezeichnenden Namen „Individualisten-Insel" trägt.

Mit *Michel* tritt eine 3. Figur auf, die gegen das System läuft. Eingeführt aus einem Indianer-Reservat, ist Michel der leibliche Sohn des BUND, der seinerzeit eine Exkursion mit seiner Geliebten unternommen hatte, in deren Verlauf sie sich verirrte und zu den Indianern kam. An der Seite seiner Mutter Filine verläßt er das Reservat, um in das sehnsüchtig begehrte und gelobte Land zu gelangen. Filine erliegt den Verführungen des Alkohols und der Drogen. Michel ‚verwildert', zerbricht in der ihm unverständlichen, wesenslosen neuen Welt, unglücklichst verstrickt in Liebe zu *Lenina,* die seinen echten Gefühlen nur die ihr anerzogenen, oberflächlich-sinnlichen entgegenbringen kann. Michel flüchtet in ein neues „Reservat", in eine von ihm gewählte Einsamkeit. Dort wird er von Touristen aufgebracht und in seiner Hoffnungslosigkeit zum Selbstmord getrieben.

Der Roman gliedert sich in eine lockere Folge von 18 Kapiteln, mit Haupt- und Nebensträngen der Erzählung, häufigem Episodenwechsel und den damit verbundenen ‚Schnitten' dem Medium Film vergleichbar, das auch seine Wirkung auf Huxley's Romantechnik ausübte. Die 18 Kapitel zerfallen in zwei Hauptteile. Im ersten (Kapitel 1—9) wird der Leser in die Gesellschaft der ‚Soma-Kultur' eingeführt, erlebt er die unvollkommenen Bemühungen der beiden jungen Männer, sich frei zu entfalten, schließlich den Aufenthalt im Indianer-Reservat. Im zweiten Teil (Kaptel 10—18) wird Michel zum Medium, durch das der Leser — nun nicht mehr Hauptbetroffener — im Detail die Wirkungen aller Einrichtungen in der ‚schönen neuen Welt' auf einen ihr nicht Angehörenden erfährt.

Damit folgt der Roman dem Bauschema älterer Utopien. Huxley greift auch manche der in ihnen vollkommenen Prophezeiungen auf, so die Bellamy's einer Entwicklung zum Wohlfahrtsstaat oder die Wells' vom Segen eines gewaltigen technologischen Fortschritts; er verkehrt sie aber ins Gegenteil. Mit den Mitteln der Satire überwindet er den Zukunftsoptimismus eines Wells, gegen dessen „The First Men in the Moon" (1901) oder „A Modern Utopia" (1905) er ironisch polimisiert, läßt er auch die utopischen Träumerein eines Lawrence weiter hinter sich.[2)]

Als Schöpfer der modernen Utopie behauptet Wells seinen unbestrittenen Rang in der Literaturgeschichte, doch mußte sein optimistisches Zukunftsbild eines wissenschafts- und vernunftsbestimmten Zeitalters die Anti-Utopisten gerade magisch auf den Plan bringen. Orwell geißelte eine politische Leichtgläubigkeit, und auch Huxley breitet in „Brave New World" ein Gegenbild vor uns aus, in dem die Weltaufsichtsräte Wells' Samurai aus „A Modern Utopia" entthront haben. Auch der sich positiv gestaltende Einfluß

2) vgl. Kap. 1, Kurzbiografie Huxley's

der Maschine wird von Huxley durch Umkehrbild ihrer verheerenden Auswirkungen auf den Menschen zerstört.

1.2 Inhalt[3)]

(1) Der Leser wird über eine Studentengruppe in die erstaunliche Welt des Jahres 632 n. F. hineingeführt. Die jungen Leute besichtigen die ‚Brut- und Normenzentrale Berlin-Dahlem' und lernen die bio-chemischen Prozesse als Voraussetzung kennen, die dem Wahlstaat unter dem Wahlspruch „Gemeinschaftlichkeit", „Einheitlichkeit", „Beständigkeit" seine Singularität verleihen. Der BUND erläutert den Besuchern verschiedene Verfahren und den Zweck einzelner Abteilungen: Befruchtungsraum und Brutöfen, Füllsaal, Organ-Magazine, Embryonendepot, Entkorkungszimmer, Hitze- und Kältetunnels. Die Gruppe ist beeindruckt.(25)
(2) Den Vorgängen der bio-chemischen Fließbanderzeugung und Prädestination des Lebens (Kaste der Alphas, Betas, Gammas, Deltas oder Epsilons) folgt die Schulung der Säuglinge zu Staatsverhältnis und Kastenbewußtsein. Dies geschieht durch die Gewöhnung an unterschiedliche Kleidung (Farbimpulse), Schrecksignale und Elektroschocks. Der Aufbau von Feindbildern (Buch, Blume) erfolgt in den Neo-Pawlowschen Normungssälen. Freude wird brutal zerstört. „Wir normen den Haß".(30) Alte Sprachen und Geschichte sind überholt. Es gibt keine Literaturerziehung mehr, stattdessen Elementarkunde im Geschlechtsleben und die Anfangsgründe des Kastenbewußtseins als Instruktionselemente be-

3) Diese Inhaltsskizze ist in gekürzter Form dem erwähnten Band des Autors („Vision und Wirklichkeit") entnommen.
Die Seitenzahlen als Kapitelübergänge folgen der deutschen Taschenbuchausgabe (Fischer Tb. Nr. 26), 766.-815. Tausend: März 1980.
Der Leser beachte aus den Folgeauflagen entsprechend geänderte Seitenzahlen.

reits im Kleinkindalter unter hypnopädischer Infiltration, Einflüsterungen, die -zigmal wiederholt werden.(34)

(3) Während die Studentengruppe erlebt, wie im Freien die Kleinen sich „tief und ernst und in der aufmerksamen Versunkenheit von Forschern“ (35) bei einem Sexualspiel ergötzen, tritt Mustafa M. auf. Alles Alte ist auszuwischen, „Babylon, Knossos, Mykene. . .“ (38), Familie und die Geborgenheit des Elternhauses sind ein „seelischer Kaninchenstall. . .“ (40), nur Gemeinschaft stiftet Beständigkeit und Zivilisation. Glückliche Jugend, der alles genommen wird für ihr Glück! Das Auftreten Mustafas und seine Lektion kontrastiert in beständigem Raumwechsel mit der hilflosen Auflehnung Sigmunds, der Gesprächsfetzen über sich auffängt, die hin- und herfliegen zwischen der von ihm geliebten Lenina und ihrer Vertrauten.

Sigmund, ein Alpha, erfährt über sich wenig Schmeichelhaftes. Ihm wird ein Mangel nachgesagt, der seine Bestimmung als Alpha bedenklich in Frage stellt. Die Schmähungen und die ungehemmte Lust im Gespräch der beiden Mädchen widern ihn an . . . „Idiotische Schweinebande. . .“ (53)

(4) Sigmunds Unsicherheit macht ihn aggressiv. Während Lenina mit Henry P., einem Experten für Reifebeschleunigung, unterwegs ist, sucht Sigmund seinen Freund Helmholtz-Watson auf. Er überfliegt die Stadt, sieht den sechzigstöckigen Wolkenkratzer, in dem die verschiedenen Propaganda-Abteilungen und die Hochschule für Emotionstechnik konzentriert sind.

(5) Das Freizeitvergnügen auf dem Golfplatz Döberitz, dem sich Lenina mit Henry P. hingegeben haben, endet in einem somaumrauschten Abend, zunächst in der neu-eröffneten Dom-Diele, später in Henry's Appartement. — Für Augenblicke kommen Lenina Zweifel am normierten Zuschnitt des Lebens. Sie empfindet Unbehagen beim Gedanken an den Tod und die Tatsache, daß von jeder erwachsenen Leiche über viereinhalb Kilo Phosphorpentoxyd wiederaufbereitet weden können, die neue Nutzanwendung in den Hortikulturen erlauben (64). Die Phrasen der Zeit, im Unterbewußtsein so fest verankert, können Leninas Unwillen kaum zurückdrängen. Erst eine Dosis Soma führt sie in die ‚Wirklichkeit‘ zurück (66). Auch Sigmund erlebt seinen Soma-Rausch. Er nimmt wie jeden 2.

Donnerstag am ‚Eintrachtsfest' teil. Magisch wird er angezogen vom psychedelischen Ritual, das sich allmählich zu einem Exzess steigert und ihn mitreißt. Soma-Trank wird herumgereicht, das Eintrachtslied wird gesungen, und das Bewußtsein der Versammelten bereitet sich auf die „große Auflösung" vor: „... Fühlt das Nahen des Allerhöchsten..." (70) — Aber Sigmund steht außerhalb: er spielt mit, doch das Erlebnis wirft ihn weiter in seine Einsamkeit mit seinem erwachenden Ich-Bewußtsein zurück. „Aus purpurnem Dämmerlicht war er..." (72)

(6) Dieses Kapitel zerfällt in eine Reihe von Einzelepisoden, die sich an verschiedenen Orten zutragen. Ein Rückgriff enthüllt, daß Sigmund sich Lenina beim ersten gemeinsamen Ausflug anvertraut hatte. Jetzt zögert sie, sich ihm auf seinem Ausflug nach Neu-Mexiko anzuschließen. Sigmund hatte damals über dem Meer die Propeller des Flugzeugs stillgelegt. Er wollte „Gefühle in ihrer ganzen Macht..." (73). Lenina war unfähig, ihn zu verstehen. Sie ist nicht mehr als das Brutofen- und Selektionspräparat, das als Alpha-Wesen alle Doktrinen verinnerlicht hat. Obwohl sie möchte, kann sie nicht aus der Normung ausbrechen: „Sigmund, du sagst so grauenhafte Sachen ... gar nicht verstehe ich, am allerwenigsten, warum du nicht Soma nimmst, wenn du solche schrecklichen Einfälle hast..." (75) — Die Gegenwartshandlung setzt sich mit Sigmunds Besuch beim BUND fort. Er läßt sich die Reisegenehmigung ausstellen. Dabei wird ihm sein Fehlverhalten vorgeworfen (79). Doch Sigmund, „erhoben von dem berauschenden Bewußtsein seiner individuellen Bedeutung" (80), ist zum Kampf gegen das System bereit. Der BUND seinerseits gibt, überwältigt von der Erinnerung an Neu-Mexiko und eine blonde Betaminus (78), *sein* Geheimnis preis. — Ein weiterer Ortswechsel erfolgt mit dem Eintreffen der Touristen, unter ihnen Lenina und Sigmund, im Indianer-Reservat. Ein mitteilungsbeflissener Kustos informiert die Ankömmlinge über die Besonderheiten (83). Aus dringendem Anlaß muß Sigmund in Berlin anrufen, dabei erfährt er von Helmholtz, daß der BUND ihn (voraussichtlich) isolieren will. Lenina hilft dem schwer getroffenen Sigmund mit einigen Soma-Tabletten über die Nachricht hinweg.

(7) Lenina und Sigmund machen in Malpais die Bekanntschaft Michels und seiner Mutter Filine. Das Kapitel umfaßt einen Abschnitt Gegenwartshandlung und vervollständigt im Rückgriff (aus den Erzählungen Filines) das Erinnerungsfragment des BUND.
Auf Schritt und Tritt begegnen Sigmund und Lenina ‚Wundern', die in ihrer antiseptischen Zivilisation nicht mehr anzutreffen sind: singende Mütter, Schmutz, Krankheit, Tod und Verwesung. Doch sie werden aus ihren Betrachtungen herausgerissen, plötzlich erklingt Musik. Die Indianer rüsten zum Schlangentanz, einem heiligen Ritual, „damit der Regen fällt und der Mais wächst."(92) Ein Jüngling umschreitet unter Peitschenhieben ein in der Mitte des Tanzkreises liegendes Schlangenknäuel. Die Besucher aus dem Weltstaat sind fasziniert, aber auch Filine ist überwältigt beim Anblick von zivilisierten Wesen aus ihrer alten Welt, sie, die einstige Beta-Schönheit, nun eine „äußerst dicke blonde Squaw mit Falten in ihrem Gesicht. . ."(94)
(8) Michel ist immer ein Fremdling unter den „Wilden" geblieben. Er schildert Sigmund die Vorgänge, die seine Entwicklung bestimmt haben: Neid der Pueblo-Frauen, der alkoholisierte Popé — Geliebter Filines — den Michel aus Eifersucht beinahe getötet hat, die Erzählung seiner Mutter aus ihrem Jenseits und die der Greise vom großen „Umwandler der Welt" (100). Zwei äußerst gegensätzliche Bücher haben seinen Geist geprägt: Ein „Leitfaden der chemischen und bakteriologischen Normung des Embryos", der von seiner Mutter aus der neuen Welt in das Reservat hinübergerettet worden ist, und ein Band „Shakespeare", den Popé (!) irgendwann mitgebracht hatte. Das Buch wird ihm zur Erbauung. — An den Initiationsriten der Stammesknaben darf er nicht teilnehmen. In seiner Einsamkeit entdeckt er „Zeit und Tod und Gott." (106) In Michels Fremdheit innerhalb seines Lebensraumes sieht Sigmund eine Möglichkeit, sich im BUND und am System zu rächen, die ihn nicht akzeptieren wollen. Er setzt den jungen „Wilden" gleichsam als Waffe ein, indem er ihm vorschlägt, mit nach Berlin zurückzugehen. Michel ist entzückt, zumal seine Mutter ihn begleiten wird und er in der Nähe Leninas sein darf, die ihn bezaubert.(107)
(9) Mustafa gibt die Erlaubnis persönlich. Sigmund regelt die Formalitäten.

(10) In Berlin kommt es zu der erwarteten Konfrontation zwischen Sigmund und dem BUND. Dieser statuiert ein Exempel; vor der Belegschaft des Befruchtungssaales (!) stellt er Sigmund bloß. (113) Doch dessen Trumpfkarte sticht. Finline und Michel werden hereingeführt. Das Wiedererkennen wird zu einer Niederlage für den BUND. Bleich und verstört verläßt er den Raum. (115) Er reicht seinen Abschied ein.

(11) Michel lernt die Stadt kennen. Er besucht eine Fabrik, in der „jeder Arbeitsgang von einer einzigen Bakanowsky-Gruppe 76“ besorgt wird, von 83 „fast nasenlosen, schwarzen, rundschädeligen Deltas“ (120). Der Besuch einer weiteren Fabrik und einer Oberschule stehen auf dem offiziellen Programm. Abends erholt sich Michel in einem Fühlkino, in das Lenina eingeladen hat. Der Film berührt ihn unangenehm (127). Ein erster Zusammenprall zweier unvereinbarer Welten ist erfolgt. Er sieht am Ende den Gast aus dem Reservat mit seinem geliebten Shakespeare-Buch, das ihm zur Wiederherstellung seiner inneren Ruhe verhilft.

(12) Seine erste, tiefgehende Enttäuschung über die Welt seiner Träume wird vorübergehend durch die Bekanntschaft mit Helmholtz gemildert. Sofort kommt eine herzliche Beziehung auf. Beide teilen die Liebe zur Poesie, und Sigmund muß feststellen, daß er an dieser Beziehung nicht teilhaben kann.

(13) In diesem Kapitel vertieft sich der Bruch zwischen ‚alter‘ und ‚neuer Welt‘. Entscheidend ist dabei das von Grund auf gestörte Verhältnis Michels zu Lenina. Michel begehrt sie in reiner Liebe, will sie „edel“ und „erhaben“ gewinnen. Er stößt aber nur auf ihre genormten Reaktionen, auf ihre in abstoßende soma-verstärkte Sinnlichkeit, mit der sie wahl- und unterschiedslos Männer nimmt, die ihre sexuellen Vorzüge öffentlich — sehr zum Befremden Sigmunds — diskutieren. (vgl. Kapitel 1 des Romans)

Michel ist kaum in der Lage, seine Gefühle zu kontrollieren (143).

(14) Bis zu seinem totalen Niedergang bedarf es nur noch einiger geringer Anlässe. Filines Tod ist der erste. Michel ist tief erschüttert, und ein mächtiger Zorn überkommt ihn, als er, wie es die Normung verlangt, um das Bett der Sterbenden herum eine Gruppe von Kindern sieht, die mit „der erschrockenen, blöden Neugier von Tieren“ glotzen (148). Michel verliert die Beherrschung und verjagt sie.

(15) Entsetzt über die Auswirkungen der Drogen, die den Tod Filines mit ausgelöst haben, versucht Michel, das Wirtschafts-Personal der Moribunden-Klinik daran zu hindern, die Soma-Ration zu verteilen. „Nehmt dieses eklige Zeug nicht. Es ist Gift!" (155) Die Menge der abzufertigenden Deltas greift an. Helmholtz und Sigmund kommen Michel zu Hilfe. In das Chaos greift die Polizei mit Soma-Dampf-Apparaten und Betäubungspistolen ein. Über das Synthetofon dämpft eine Tonstreifenrolle mit „synthetischer Aufruhrbeschwichtigung Nr. 2 (mittlere Stärke)" die Gemüter (156). Alle drei Aufrührer werden festgenommen.
(16/17) Diese beiden Kapitel bilden mit dem ideologischen Disput zwischen Mustafa, Helmholtz, Sigmund und dem Wilden das geistige Zentrum des Romans.
Mustafa hat sich gegen den Individualismus, auch den *eigenen* entschieden. Dafür wie für Altes ist kein Platz. Für ihn ist die Welt jetzt „im Gleichgewicht" (160). Kunst und Träumerei passen nicht in das Bild der Zeit. Soweit sie nicht der alltäglichen Wahrheitssicherung dienen, sind Kunst und Wissenschaft abzuweisen. Auch für Religion und Gott gibt es keine Begründung. Eine allgemeine Glückseligkeit ist erreicht, in der sentimentale Relikte stören. Wo das Glück gefährdet ist, gibt es Soma. Eine intakte Gesellschaft kann es nur geben, wenn alle Konfliktstoffe beseitigt sind.
Michel hält ihm sein Glaubensbekenntnis entgegen: „Ich will Gott, ich will Poesie. . .!" (174)
(18) Während Sigmund und Helmholtz wegen ihres gemeinschaftlichen Verhaltens verbannt werden, muß Michel sich weiterhin in der ‚neuen Welt" aufhalten. Er findet in der Lüneburger Heide einen verlassenen Leuchtturm, den er zu seiner Einsiedelei macht. (178) Hier sucht er sein Leben von Grund auf zu erneuern, ohne die quälenden Gedanken an Lenina jedoch verlieren zu können. Er kasteit und geißelt sich. LKW-Fahrer werden Zeugen einer seiner Geißelungen. Die sensationelle Nachricht über den sonderbaren Menschen verbreitet sich schnell in Berlin. Reporter kreuzen auf. Er wird gefilmt, und dann wird Michels „ländliche Einsamkeit durch die plötzliche Ankunft eines Riesenschwarms von Flugzeugen gestört." (183) Er wird zur Touristen-Attraktion. Die Geißelung, die in einem Film dem breiten Publikum dokumentiert worden ist, wollen

nun alle ‚live' erleben. Michel bietet sie ihnen und löst eine wahre Buß-Orgie aus. Lenina ist auch unter den Zuschauern. In der allgemeinen Ekstase peitscht Michel sie zu Tode.
Als der Rausch vorüber und die Touristen abgezogen sind, erinnert sich Michel an das Vorgefallene. Eine neue Gruppe von Schaulustigen, angelockt durch Presseberichte, findet Michel tot auf. Er hat sich erhängt.

1.3 Sachliche und sprachliche Erläuterungen

Die vielen wissenschaftlichen Fachausdrücke in diesem Roman, die Huxley mit erfundenen Namen und Begriffen noch angereichert hat, heben in beeindruckender Weise den Kenntnisreichtum dieses einer angesehenen Familie von Forschern und Wissenschaftlern entstammenden englischen Literaten hervor. Sie belegen zugleich sein unerschöpfliches Interesse an exakter Wissenschaft, insbesondere an der Humanbiologie. Auf den Roman bezogen, verdeutlichen sie den hohen Wissenschaftsstand des Systems.
Wir beschränken unsere Erläuterungen in diesem Teilkapitel auf die wesentlichen Grundbegriffe, die sozusagen „axiomatisch" den Roman durchziehen.

Behaviorismus: Richtung in der Psychologie. Sie gründet sich auf Beobachtung, Beschreibung und **Lenkung** des menschlichen (auch tierischen) Verhaltens auf dem Grundschema von „Reiz"-„Reaktion" („stimulus"-„response") in wechselnden Situationen und Umgebungen. — In Huxley's Roman wird das Verhalten bereits der Babies auf dieser Grundlage konditioniert (● Pawlov).

Bokanowsky-Verfahren; bokanowskysieren: zielt auf das Erreichen totaler menschlicher Identitäten durch Ei-Spaltung und zyklische Vermehrung. So wird es möglich, jede gewünschte Anzahl von Kastenangehörigen ● zu programmieren und zu reduzieren.

Blutsurrogat: künstlicher Blutstoff; Blutersatz.

Hypnose: durch Suggestion (Fremdsteuerung) herbeigeführter Schlafzustand, in dem der Patient zu Erinnerungen, Aussagen und Handlungen bewegt werden kann, die der Hypnotiseur ihm eingibt.

Hypnopädie: Schlaflernmethode, die von der Wissenschaft wiederentdeckt und kultiviert worden ist, als Huxley diesen Roman schrieb.

Eugenik; eugenische Reformen: wissenschaftliche Erforschung und methodisch entwickelte Pflege der Erbgesundheit (s. Nazi-Staat!)

Gentechnik: manipulativer Eingriff in die menschliche (tierische) Erbsubstanz mit der Absicht der Veränderung. — Im Roman geht es um die massive Veränderung von Bewußtsein und Sprache des Menschen (vgl. auch Orwell's „1984", wo dies allerdings durch ständige Supervision („Big Brother Is Watching You") und ideologische Infiltration geschieht.)

Kastenangehöriger; Kastensystem: in sich abgeschlossener gesellschaftlicher Stand, der sehr eigenen und strengen Normen unterworfen ist. — Im Roman sind dies die Kasten der Alphas, Betas, Gammas, Deltas sowie ihre Untergruppen (z.B. Betaminus) mit festgelegter Rolle und Funktion im System.

Motto: (allgemein) Wahl- oder Leitspruch. — Das dem Roman ironisch vorangestellte Motto „Community“ — „Identity“ — „Stability“ wandelt den menschlichen Wahlspruch der Französischen Revolution („Liberté“ — „Egalité“ — „Fraternité“) in den Slogan der „Gemeinsamkeit“ um, wobei Gemeinsamkeit die totale Konditionierung aus der Retorte meint.

Ödipus Komplex: sich zu krankhaften Ausmaßen steigernde Bindung eines Kindes an das andersgeschlechtliche Elternteil (nach dem gr. König Ödipus, der seinen Vater erschlug und seine Mutter heiratete).

Ivan Pawlov (1849—1936):

Neo-Pawlov'sche Normierungsräume

Vater des Behaviorismus; russischer Wissenschaftler, der die Theorie des konditionierten und konditionierbaren Verhaltens entwarf und bewies. — Im Roman werden dort Säuglinge in ihrem natürlichen Empfinden umgepolt.

Phosgen
Chloropikrin
Äthyljodazetat
Diphenylzyanarsen
Dichloräthylsulfid
Hydrozyansäure
u.ä.

Gase, Gifte, Säuren, chemische Kampfstoffe —
Sie besagen im Kontext des Romans, daß der Mensch chemisch-physikalisch regulierbar ist.

Reservate: geschlossene, einer eigenen Ordnung folgende Lager (z.B. Indianer-Reservate), auch „Schutzbezirke“ genannt.

Soma; (somatisch): Körper, Leib des Menschen; den Körper betreffend. Krankheit unserer Zeit: „Psychosomatische Störungen“. — Im Roman ein rauscherzeugender Pflanzenextrakt, mit dessen Hilfe die Menschen des Staa-

tes auf eine gleiche Gefühls- und Empfindungsstufe gebracht werden können. Soma als Droge — vgl. auch Kapitel XV des Romans — Huxley wußte, worüber er schrieb. Wir ergänzen an dieser Stelle einen kurzen Auszug aus dem erwähnten Buch „Die Pforten der Wahrnehmung“:[4)]
„. . . Eine halbe Stunde, nachdem ich das Meskalin genomen hatte, wurde ich mir eines langsamen Reigens goldner Lichter bewußt. Ein wenig später zeigten sich prächtige rote Flächen, und sie schwollen an und dehnten sich aus, wurden von hellen Energieknoten gespeist, die sich ständig veränderten und dabei stets neue, vibrierende Muster bildeten (. . .). Ich sah keine Landschaften, keine riesigen Weiten, kein zauberhaftes Wachsen und Sichverändern von Gebäuden, nichts, was im entferntesten einem Drama oder einer Parabel glich. Die ‚andere‘ Welt, zu der das Meskalin mir Zutritt gewährte, war nicht die Welt der Visionen (. . .). Die große Veränderung vollzog sich im Bereich objektiver Tatsachen. . . (S. 14)

Transfusion (lat.): Vermischung; mod. Übertragung (z. B. Bluttransfusion) lebenserhaltender Substanzen. Weiterführung: Transplantation (z. B. Herztransplantation).

4) A. Huxley, Pforten der Wahrnehmung — Himmel und Hölle. Erfahrungen mit Drogen. München 1981. (vgl. auch Kapitel 1, Bibliographie)

1.4 System und Individuum

Im Original heißen die Charaktere: Mustapha Mond, World Controller (Mustafa Mannesmann), Bernard Marx (Sigmund), Lenina Crowne (Lenina), Helmholtz Watson (Helmholtz), Linda (Filine) und John (Michel). Die ironischen Anspielungen auf Gestalten der Weltgeschichte (Marx, Lenin, L. v. Helmholtz und Sir W. Watson) lassen erkennen, daß Huxley seine Helden mit „erfundenen", jedoch unverkennbar satirisch gedachten Namen ausstattet.[5] Sucht man die Personenkonstellationen des Romans und die „Segmentierung von Erzählsträngen und Episodenfolgen"[6] formelhaft auf ein durchgängig vorhandenes Prinzip des Aufbaus zu beziehen, so ließe sich der Begriff der *Polarisierung* anführen. In „Brave New World" treffen harte Gegensätze aufeinander. Der Grundkontrast besteht zwischen der ‚neuen' und der ‚alten' Welt. Perfektion trifft auf den Zustand des Ursprünglichen und Natürlichen, genormtes Glück auf irrationale Gefühlswelten, zweckmäßigst berechneter Einsatz der Fähigkeiten auf ganz natürlich verteilte Kräfte und Gaben, moderne Glitzer-Kultur auf Jahrtausendwerte der Geschichte und des Geistes.

Doch in sich sind die Welten nicht lupenrein. Sie offenbaren ganz unvermutete Stärken und Schwächen, die sich aneinanderrücken. „Brave New World" „schöne neue Welt", wie Huxley sie ironisch nennt, welche Hoffnungen erfüllt sie wirklich in ihrer „Mischung aus Zirkus und Kinderspielplatz"?[7]

Die Frage ist rhetorisch. Für Huxley war klar, daß es in einer Welt des unbegrenzten Materialismus und der hemmungslosen Sinnlichkeit keinen wirklichen Fortschritt geben kann, „weder Liebe noch Mut, weder künstlerische Kraft noch schöpferische Gedanken. . ."[8] Und doch: die ‚schöne, neue Welt' hat ihre kleinen, aber nicht unbedeutenden Schwächen, wie Meckier herausgestellt hat, und man hört ständig das Knirschen im Getriebe überperfektionier-

5) vgl. P. W. Gannon, Brave New World, S. 37
6) vgl. W. Karrer/E. Kreutzer, Daten, S. 157
7) vgl. Kindlers Literatur Lexikon, S. 1620
8) vgl. Kindlers Literatur Lexikon, S. 1620

ter Abläufe. Gerade die Menschen, deren Vollkommenheit das Kernanliegen des Weltstaates ist, sind die Schwachstellen des Systems: Sigmund mit dem erwähnten Zuviel an Alkohol in seinem Blutsurrogat, das seine Alpha-Qualitäten mindert, Helmholtz mit seiner fehlerhaften Überbegabung, Lenina mit ihrem komplexen Gefühlsleben. Selbst der BUND ist schwach, der sein Kind noch leiblich zeugte, und Mustafa, der Supervisor, hat seine Vergangenheit nicht wirklich überwunden. Er kennt Shakespeare, auch die Bibel und schätzt sowohl Helmholtz' Neigungen zur Poesie als auch Michel's Liebe zu dem Dichter der „Romeo und Julia“, „Othello“: „Ihre Denkweise gefällt mir, Herr Watson. Sie gefällt mir sogar beträchtlich. Ebenso sehr, wie ich sie offiziell mißbillige.“ (166) Ein Rest von religiösem Ritual hat sich bei den Menschen gehalten, so im Schlagen eines ‚T‘, der verstümmelten Form eines Kreuzzeichens („Eintrachtfest“), und selbst die infantilen Epsilons sind gegen die lichtdurchflutete Tageshelligkeit anfällig. Wie sehr die ‚schöne, neue Welt‘ zu erschüttern ist, zeigen die harten Sanktionen gegen die Zivilisationsfeinde (Schriften werden konfisziert, Widersacher werden verbannt) und nicht zuletzt die Gefühlsregungen der Touristenmenge, die — nicht anders als die aufgepeitschten Reservats-Indiander — in taumelnde Verzückung und Ekstase gerät. Mit einer gewissen Beruhigung ist festzustellen, daß die Mangelerscheinungen der ‚neuen Welt‘ das (scheinbar) rückständige Leben der Reservats-Bewohner aufwerten.

Die Künstlichkeit des ‚Weltstaates‘ erzwingt eine neue, eine künstliche Sprache, die ebenso ersatzhaft wie wirkungsvoll die soziale Kommunikation der Menschen regelt. Die Vergangenheit ist tot. Geschichte als lenkende Kraft und mit ihr Sprachen, Religion und Kunst sind ausgelöscht. Verkehrssprache ist ein äußerst reduziertes, pseudo-wissenschaftliches und überzüchtetes Idion, das die pathologischen Züge des Systems hörbar nach außen trägt. Die neue Sprache (und in ihr der Geist der Zeit) gipfelt in der ‚Trinität‘: „Gemeinschaftlichkeit“ — „Einheitlichkeit“ — „Beständigkeit“. Vergleicht man den Sinn, den die Zeit ihnen gibt, mit ihrem ursprünglichen Bedeutungsinhalt, so entlarvt sich die Oberflächlichkeit der Staatsideologie zwingend. Nicht auf das zwischen den Menschen und den Wechselfällen von Leben und Geschichte Gewachsene kommt es an, sondern auf die alle erfassende, technisch ausgereifte, organisatorisch perfekt vollzogene und dauerhafte Nivellierung von Menschenkasten nach Maßgabe der Zentralregierung. So erscheint bereits die Namensgebung, deren Palette der ‚Weltstaat' im übrigen stark eingegrenzt hat, als ein Beleg für die krampfartigen, aber auch rigorosen Erneuerungen.

Mustafa M. ist in diesem Staat die Zentral- und Dominanzfigur, eine der wenigen echten Individuen des Romans. Gannon erkennt in ihm Charakterzüge, Eigenschaften und Fähigkeiten, die uns Anerkennung, ja, Bewunderung abnötigen.[9] Während Sigmund eine wohl grundsätzlich vorhandene Bereitschaft erkennen läßt, sich mit dem System zu identifizieren, wenn es ihn akzeptierte[10], stehen Helmholtz und Michel weit außerhalb der ideologischen Mitte. Helmholtz und Michel zerbrechen an der Starrheit des Systems, sie vornehmlich als der empfindsame Künstler bzw. Verfechter eines religiösen bzw. moralischen Kodex'. Helmholtz kann *seine* Sprache nicht einbringen, und auch Michel bleibt der Fremdling, dessen Rückbesinnungen auf Shakespeare tragische Anachronismen sind. Michel ist eine wichtige, sogar die wichtigste Figur dieses Ideen-Romans. Als literarische Charakter in seiner Funktion als Interpret von Huxley's Botschaft ist er überzeugend, als Mensch aus Fleisch und Blut hingegen weniger. Er ist zu kultiviert, er spricht und denkt für einen Wilden aus einem Reservat zu gebildet. In seiner Figur kulminieren die Konflikte aus dem Zusammenprall von zwei so unterschiedlichen Welten und Wertsystemen. Helmholtz ist der entgegengesetzte Typ zu Sigmund, stark und selbstbewußt, ein anerkannter Lektor am Schriftstellerseminar der Hochschule. Er leidet unter der Tatsache, als Schriftsteller bisher sein Eigent-

9) Gannon nennt Mustapha „an intelligent, capable, good-natured man whose dedication and ability we must admire even if we do not approve — he is one of the few real individuals we meet in this novel..." (P.W. Gannon, S. 33-34).

10) Gannon liest aus Sigmunds Verhalten eine nur sehr schwache Form des Widerstandes gegen das System: „... Bernhard's protest is not intellectual or moral, but personal and social; he willingly accepts life in the World State when he is accepted..."

lichstes noch nicht geschrieben zu haben; er fühlt, daß er noch etwas auszusagen hat. (62) Er ist in seinem gereiften Bewußtsein, in seiner Beherrschtheit und vertrauenstiftenden Überlegenheit seinem grüblerischen Freund um Längen voraus.
Helmholtz erkennt nicht allein die Schwächen seines Freundes, er bedauert sie. ... „Wenn Sigmund nur ein wenig mehr Stolz besäße!" (62)
Keinem jedoch gelingt die Erneuerung des Menschen, seiner Gedankenwelt oder seiner Gesinnung, seiner Moral oder gar seiner Kultur, in der er seit Jahrtausenden steht. Darin liegt das Deprimierende und zugleich so Versöhnliche dieses Romans und seiner unmenschlichen Welt.
Huxley hatte noch nicht zu sich gefunden, er war von einer Lösung der eigenen Probleme noch zu weit entfernt, zu niedergedrückt in seinen Hoffnungen und Erwartungen für die Menschheit, als er an diesem Roman arbeitet.[11] Erneuern kann man nur mit Hoffnung und Entschlossenheit, Fantasie und Rückgrat, Konzept und Geduld. Wie gut, daß der Mensch doch immer ein wenig anders zu sein bereit und fähig ist, als ihn die kühlste und rationalste Utopie sieht.

11) At this time (1931) Huxley was completely desillusioned with mankind and with its choice of values or lack of values — he saw no hope for man's ultimate salvation of himself. He expresses his pessimism by offering no glimmer of hope in his novel..." (P.W. Gannon, S.37)

1.5 Rückblick — Ausblick — zur Diskussion gestellt

Der Roman ist handlungsintensiv und durchaus spannend, dennoch Handlung und Spannung nicht mehr als ein Vehikel für die Diskussion der angezeigten Fragen, die Huxley auf der Seele brannten.
Zweifellos wollte Huxley dahingehend verstanden werden, daß er die Entartungen einer sich verselbständigenden Technologie — wie auch immer eingesetzt — ablehnte. Die Ansätze einer ‚positiven Utopie' aber sind in „Brave New World" unbestreitbar vorhanden, wobei die Vielzahl der bemerkenswerten (und von Huxley ernsthaft erwogenen) Eingriffe in die organhaft-natürliche Lebensentwicklung fasziniert, mit denen die Weltstaat-Lenker eine wirklich ‚gelöste' Zukunft des Menschen zu garantieren suchen. Bereits früher hatte Huxley den Gedanken einer ‚eugenischen Reform' ebenso durchleuchtet wie den eines möglichen Einsatzes von Drogen, die ewige Ferienstimmung erzeugen.
Huxley verwarf die Absichten, die er im ‚Weltstaat verwirklichen' läßt, nicht grundsätzlich. Es zeigt sich in der Utopie des Jahres 632 n. F., daß die Mechanismen, mit denen die Ziele erreicht werden sollen, noch nicht optimal eingerichtet sind. Die Unvollkommenheit ist nur ein Übergansstadium; eine wahrhaft positive Einlösung der Möglichkeiten war für Huxley keineswegs in Frage gestellt.
Die realen Ausgangsmomente, die Huxley satirisch überzeichnet, sind in den atemberaubenden wirtschaftlichen, technologischen und politischen Umwälzungen der Zeit zu finden, auf die er äußerst empfindlich reagierte.
Den Untergang jeder Individualität fürchtend, führt Huxley uns eindringlich das Endergebnis einer so radikalen Gesellschaftsumformung vor Augen, nicht weniger bestärkt durch die Vermassung der Menschen in den seelenlosen Retortenstädten, durch die Aushöhlung des Geistigen unter den Zwängen einer automatisierten Produktion von Gütern und deren hektisch angeheiztem Konsum.
Die ernsthafteste Gefahr in einem so beschaffenen System aber ist der Verlust der Sprache. Huxley war sensibel für die Töne einer sich ideologisch besetzenden Sprache, deren geschichtszerstörende Gewalt er voraussah, und es zählt zu den größten Verdiensten

dieses Denkers und Künstlers, das Verhältnis von Macht und Sprachausübung in der utopischen Literatur unseres Jahrhunderts so zentral thematisiert zu haben.
Isoliert betrachtet, wäre Huxley's Utopie nicht mehr als ein satirischer Angriff auf eine unzureichende Welt von Morgen. Wissenschaften dürfen nicht in den Dienst der Unmenschlichkeit gestellt werden; nichts anderes war die Barbarei an völkischen Minderheiten während des 3. Reiches, nichts anderes geschieht heute an vielen Stellen der Erde. Huxley's Ruf zur Einsicht war sicherlich nicht zu überhören.
In der Entwicklung des Autors aber und seines eigenen Werkes, so wurde bereits festgestellt, dokumentiert sich ein vorübergehend eingenommener Standort. Bezogen auf die vorausgegangenen und die nachfolgenden Werke („Ape and Essence" — „Island") ist „Brave New World" zur *ein* Bestandteil eines lebenslangen Bemühens Huxley's, sich und die Welt in eine harmonische Übereinstimmung zu bringen. Beide nachfolgenden Utopien werden als Varianten — unter notwendig modifizierten Gesichtspunkten — der frühen Romane geschrieben. Auf dem Wege zur Erkenntnis betrachtet Huxley in „Brave New World" die Zukunft des Menschen mit dem Auge des Wissenschaftlers, in „Ape and Essence" mit dem des Historikers und in „Island" schließlich „in der doppelten Eigenschaft des Sozialplanders und vedantischen Philosophen."[12)]
In einem 1949 geschriebenen Vorwort zu „Brave New World" spricht Huxley aus, wie er sich zu jenem Zeitpunkt eine dritte Möglichkeit für den Ausgang der Utopie aus dem Jahre 1932 vorstellen konnte:
„Aber, um zur Zukunft zurückzukehren... Wollte ich das Buch nun von neuem Schreiben, böte ich dem Wilden eine dritte Möglichkeit. Zwischen der utopischen und der primitiven Alternative des Dilemmas läge die Möglichkeit geistesgesunden Lebens, bereits einigermaßen verwirklicht in einer Gemeinschaft von Verbannten und Flüchtlingen aus der schönen neuen Welt, welche innerhalb einer Reservation leben. In dieser Gemeinschaft wäre die Wirtschaft dezentralistisch und henry-georgeisch, die Politik kropotkinesk und

12) vgl. J. Meckier. A. H. Utopie im Kontrapunkt und Wunschtraum, S. 154

kooperativ. Naturwissenschaft und Technologie würden abgewendet, als wären sie, wie der Sabbath, um des Menschen willen gemacht, nicht, als sollte der Mensch (wie gegenwärtig und noch mehr in der schönen neuen Welt) ihnen angepaßt und versklavt werden. Religion wäre das bewußte und verständige Streben nach dem Endziel des Menschen, nach der einenden Erkenntnis des immanenten Tao oder des Logos, der transzendenten Gottheit oder des Brahman. Und die vorherrschende Lebensphilosophie wäre eine Art von höherem Utilitarismus, worin das Prinzip des größten Glückes dem des höchsten Zwecks untergeordnet ist — und die erste, in jeder Lebenslage zu stellende und beantwortende Frage hieße: „Wie würde dieser Gedanke oder diese Handlung es fördern oder hindern, daß ich und die größtmögliche Zahl andrer das Endziel des Menschen erreichen?" (8/9)
Das angestrebte Ziel dürfte also nicht über die Errichtung eines Wirtschaftsimperiums, nicht über ein ausgeklügeltes System der Gesellschaftsnormierung angegangen werden, sondern nur über die Läuterung des Bewußtseins vom „Ego" zum „Alter". Dieser Wandel ist der Gesellschaft Huxley's erst im Roman „Island" gelungen.
In „Island" gestaltet Huxley eine Zukunfts-Gemeinschaft von ‚Alphas', befriedet und beheimatet in ‚Pala', ihrem Paradies, dem Mystizismus ganz hingegeben.

Die nunmehr zur Diskussion gestellten kritischen Stimmen gelten dem Lebenswerk und der Persönlichkeit des Schriftstellers Aldous Huxley. Die von uns getroffene Auswahl bezieht an nur einzelnen Stellen den Roman „Brave New World" ein. Es erscheint uns auch informativer, das Gewicht der Stimmen auf das Wissen, die Kunst, das Denken, den Charakter, das Wesen und die Persönlichkeit ganz allgemein zu verteilen, um damit der sensiblen Differenziertheit dieses „homme de lettres" gerecht zu werden.[13)]

13) Quellenangaben ausführlicher im Literaturverzeichnis:

(1) „... Aldous Huxley, young or old, through his Persona or from his own ego, was always on the look-out for follies (...). Whether wisdom or goodness existed were matters of doubt to him in his early years, but folly was always there to be chastised..."

(2) „... Huxley was concerned as a moralist, as a man looking for sources of value (...) Gradually, Huxley came to see value in an inward mystical state, and regardless of what caused it..."

(3) „... There is no living author*) better worth re-reading. No one who can better inspire on with courage of Europe in the face of the American big-shots, Hemingway, Dos Passos and Faulkner. Few writers have more important things to say than Huxley, and none has a finer style, a politer malice, a deeper culture or a more secure artistry..."

(4) „... An intellectual with a mistrust of mind and language, an artist who prefers unpopular truth to artistic effect and whose search in art for standards to live by is accompanied by a mistrust of art, a life-worshipper who feels the physical will always let you down, Huxley is an alleged mystic who is always clear and rational, and a knowledgeable scientist who has written a century's severest critiques of science..."

(5) „... Schärfe des Intellekts, geistreiche Kritik und geschliffene Sprache kennzeichnen das literarische Werk von Aldous Huxley (...) Huxley ist vor allem Kulturkritiker, der, sei es auch unbewußt, die Fabel den Ideen unterordnet (...) „Brave New World" (...), eine satirische Utopie im Schwift'schen Geist, als Zukunftsbild erschreckend, bedeutet als Roman wenig..."

(6) „... He adopted and rejected ideas with an alarming rapidity; he was constantly modifying his position, and his reviewers, espe-

(1) John Atkins, A. H., A Literary Study (1956).
(2) History of English Literature (1960).
(3) Alexander Hendersen. Aldous Huxley (1964).
(4) Jerome Meckier, Aldous Huxley (1969).
(5) Walter F. Schirmer, Geschichte der engl. und amerk. Lit. (1967).
(6) Peter Bowering, Aldous Huxley (1968).

*) Wir erinnern: A. H. starb 1963, im Bewußtsein der Lebenden über seinen Tod hinaus ein moderner, ein zeitgenössischer, ein „living author".

cially, had a hard time keeping pace with his changing attitudes..."

(7) „... It is more the form than the content of „Brave New World" that is important in the light of Huxley's later development (...) Huxley perceived no real division between his views of life of the spirit and his ideas of what should be done by sensible beings in the phenomenal world. He saw both as projections of man's dual nature..."

(8) „... Huxley was always sensitive to these oppositions, the eternal balance between good and evil in nature and in human societies (...) He did not live to see our present accomodation with the nuclear threat (...) He found another way to deal with horror too horrible to be faced: the mystical realisation of the foundation of existence..."

(9) „... Not one of Huxley's novels is without the obsession of what flesh can do to the spirit when what man regards as the normal balance of nature is upset (...) The ideas which Huxley discussed in his work also have an intrinsic interest which is by no means always linked to his own problems, and he certainly knew more science than any other imaginative writer of his generation (...) Huxley's later philosophy of religion continues to reflect (...) two of the attitudes which most characterize the scientific outlook: a positive respect for facts and an intense distrust of metaphysics..."

(10) „... Aldous Huxley schreibt wohlunterrichtet über die verschiedensten Gebiete der Naturwissenschaft und der Philosophie, über Religion und Literatur, Malerei und Musik und bedient sich vieler literarischer Formen (...) Immer wieder projiziert er seine eigenen Konflikte in seine Romane; er hat die innere Unausgeglichenheit nie ganz überwunden..."

(7) George Woodcock, Dawn and the Darkest Hour (1972).
(8) Laurence Brander, Aldous Huxley (1970).
(9) Philip Thody, Aldous Huxley (1973).
(10) E. Standop/E. Mertner, Engl. Literaturgeschichte (1967).

2 Ray Bradbury: Fahrenheit 451

2.1 Literarhistorischer Kontext, Aufbau und Bedeutung

Bradbury's Roman steht in der direkten Nachfolge der großen Utopien eines H. G. Wells, A. Huxley und G. Orwell, das heißt innerhalb der Tradition des Genres. Darum aber ist Bradbury noch lange kein Epigone; man muß von einem selbstverständlichen Übernehmen und Verändern eines nunmehr seit einhundert Jahren festliegenden Grundschemas der Utopien ausgehen: Einführung in eine fremde (phantastische) Welt — Deutung dieser (unmenschlichen) Umwelt — Widerstand des Helden und Ausbruchversuch.[1] Guy Montag, der Held des Romans, bricht als das (fast) verlorene Individuum aus seiner technisch überperfektionierten, alles vorschreibenden und kontrollierenden Umwelt aus und sucht das Erbe der Menschheit zu bewahren: ein Stückchen persönlicher Freiheit für die Erhaltung menschlicher Kultur und Gesittung.

Was findet statt?

Guy Montag lebt in einem Staat, der es sich zum Ziel gesetzt hat, jedes Anzeichen von nicht staatlich verordneter Kultur zu vernichten. Er setzt die Feuerwehr ein, damit sie Feuer entfache, anstatt es zu löschen, und in diesem Feuer werden die (letzten) Zeugnisse menschlichen Geistes vernichtet: Bücher.

Seit über 20 Jahren im Beruf, ist Montag ein Spezialist der Büchervernichtung. Die Bekanntschaft eines Mädchens aus seiner Nachbarschaft, Clarisse McClellan, verändert sein Denken. Guy Montag lehnt es ab, weiterhin elektronisch aufgespürte Bücherbesitzer samt ihrem Kulturbesitz zu vernichten, er lehnt sich auf, löst sich mehr und mehr von dem elektro-akustischen und visuellen Kultur-Berieselungsdiktat des Systems.

1) Zum unmittelbaren Vergleich drängt sich hier G. Orwell's Held aus dem Roman „1984", Winston Smith, auf. — (Vgl. Vergleichsübersicht im Kapitel III, 2.5)

Der mechanische Hund soll ihn wieder zur Raison bringen, ein Droh- und Schreckensinstrument, vor dem es eigentlich kein Entrinnen gibt. Guy Montag aber kann sich mit einer kleinen Gruppe von Männern retten. Es sind Männer, die sich Bücher und Schriften im Gedächtnis aufbewahrt haben, um sie mündlich — als Botschaften einer vergangenen Kultur — zu tradieren.
Aus der Entfernung erleben die Männer den Untergang der Stadt in einem alles auslöschenden Atomblitz: „... Und in diesem Augenblick sah er die Stadt, statt der Bomben, in der Luft. Sie hatten den Platz gewechselt. Einen unwahrscheinlichen Augenblick lang stand die Stadt, neu erbaut und unkenntlich, höher als sie je hatte sein wollen, höher als der Mensch sie gebaut hatte, letzten Endes aus Klumpen von zertrümmertem Beton und Funken von zerrissenem Stahl aufgeschichtet zu einem Fresco, das wie eine umgekehrte Lawine herabhing, kunterbunt und kraus durcheinander, mit einer Türe, wo ein Fenster hätte sein sollen, einem Dach anstelle des Bodens, einer Vorderseite, wo die Rückseite hingehörte, und dann sackte die Stadt zur Seite und fiel tot zusammen. Das Todesröcheln kam erst später ..." (S. 171/172)[2]
Dieses Bild, in dem Hiroshima und Nagasaki, unsere gegenwärtigen Ängste und Schreckensvisionen lebendig werden, bedarf keines zusätzlichen Kommentars.
Bradbury's Roman zeichnet sich über seinen bedeutsamen Inhalt hinaus vor allem durch seinen kunstvollen Aufbau, der vollendeten Verbindung seiner Strukturmomente aus.[3] Im Gegensatz zu Huxley's mehr episodenhafter Reihung von Einzelszenen, die — wie gezeigt — ein druckvolles Ganzes ausmachen, liegt uns in „Fahrenheit 451" eine noch zwingendere Einheit von Oberflächen- und Tiefenstruktur des Romans vor.

2) Vgl. Diogenes-Ausgabe (20862/1981), auch weitere Text-Zitate.
3) Blakey faßt den Begriff „structure" zusammen als ... „a reflection of the novelist's skill in combining the various elements of his work in such a way as to produce a sence of completeness and a feeling of aesthetic satisfaction ..." — Vgl. J. Blakey, S. 62

Äußerlich ablesbar, gibt der Roman eine **Dreiteilung** ohne jede weitere Kapiteltrennung zu erkennen: „Herd und Salamander“ (I, S. 11-78), „Das Sieb und der Sand“ (II, S. 79—121) und „Die Waberlohe“ (III, S. 123-176).[4] In ihrem Umfang sind die einzelnen Kapitel verhältnismäßig ausgewogen. Der Grobgliederung traditioneller Werke des Genres folgend, leistet diese Einteilung als äußerer Hinweis auf eine gegebene Spannungskurve eine erste „Lesehilfe“. Ebenso einfach wie kunstvoll legt Bradbury damit auf der Handlungsebene eine Verlaufsskizze an, deren wesentliche Absicht aber darin besteht, den Grundkonflikt zu thematisieren und einen glaubwürdigen Hintergrund für die psychologische Dimension des Romans, den **Wandel Guy Montag's,** abzugeben. Im **Teil I** kontrastieren entgegengesetzte Welten: „Herd“ bedeutet Wärme, Schutz, Geborgenheit, Heimat, „Salamander“ (die Feuermaschine) aber genau das Gegenteil: Kälte, Leblosigkeit, Vernichtungsmechanismus im Farbgewande einer ansonsten anmutigen, harmlosen Schönheit der Natur.

In diesem Konflikt steht Guy Montag, angepaßt an die Welt der Vernichtung, einer ihrer Vollstrecker hier — besinnend, zögernd, schwankend, verneinend und schließlich sich um Bewahren des Lebens bekennend dort.[5]

Teil II verdeutlicht in der Überschrift Guy Montag's Wandlungsmotive und seine nahezu tödliche Frustration und Hilflosigkeit, ähnlich dem Kinde, das zu unlösbaren Aufgaben gezwungen wird (filling a sieve with sand).

Die Überschrift des **Teils III** enthält einen doppelten Akzent. Sie hebt einerseits das totale Feuerchaos hervor, in dem die Stadt versinken wird, andererseits greift sie im symbolischen Bild des Feuers die alten Mythen der Menschheit wieder auf, Feuer als Lebenskraft.[6]

4) In der ansonsten guten deutschen Ubertragung ist zu beachten, daß in der Überschrift des Teils III zu stark das Element der vernichtenden Feuerlohe betont ist.

5) Zur Person Guy Montag's mehr im Kapitel „Aussenseiter“ (III, 2.4)

6) Das Feuer als Symbol der Hoffnung in W. Golding's „Lord of the Flies“ ist ein charakteristischer Parallelbeleg aus der neueren englischen Utopie.

Jeder der drei Teile enthält aber noch weitere Signalkomplexe in Form hervortretender Themen und strukturgebender Elemente, die den äußeren Aufbau und die psychologische Ebene des Romans abstützen. Die jeweiligen Teilthemen erlauben Bradbury, auf „Kapitel" im herkömmlichen Sinne zu verzichten. Der Verzicht ist die logische Konsequenz in der Aufbauebene des Romans analog zur beinahe zwangsläufigen Anti-Entwicklung und Wandlung Montag's, die sich ohne jede Stockung vollziehen.

Ergänzend zu Blakey's Auflistung der Hauptthemen[7)] in den einzelnen Teilen, aber auch über sie hinaus, möchte ich als die Zentralereignisse die in jedem Romanteil immer bedeutsameren **Vernichtungsaktionen** an Mensch und Material hervorheben. Sie setzen sich als Ausdruck der Unkultur und Unmenschlichkeit pointiert von Montag's Gesinnungs- und Handlungsveränderung ab; zugleich korrespondieren sie als symbolische Überhöhung mit seiner Neuwerdung als **Mensch** aus dem Vernichtungsblitz des Untergangs einer Welt, in der Geschichte, Kunst, menschliches Sein, Handeln und Denken nichts mehr gelten.[8)]

Es ist dies in **Teil I** die Zerstörung und Vernichtung des Hauses der alten Frau (S. 44-49), in **Teil II** (übergehend in den dritten) die Vernichtung von Guy Montag's Besitz (S. 120-128), von seiner Frau vorausgeahnt und -gedeutet, und in **Teil III** der Untergang der Stadt im Atomblitz (S. 170-176).

Die alte Frau und ihre Bücher, von denen sie nicht lassen will, sind eins; sie versinnbildlichen den Bestand einer alten Welt. Die sachlich ausgetragene Vernichtungs-Aktion löst in Montag den endgül-

7) Blakey gibt für Teil I sieben, für Teil II sechs und für Teil III fünf „main events" an. — Vgl. J. Blakey, S. 62

8) Auch hier gibt es eine augenfällige Übereinstimmung mit G. Orwell's „1984". Orwell's weltberühmter Roman gliedert sich in drei Hauptteile. Während dort W. Smith jedoch nach seinem Versuch, sich dem System zu entziehen, am Ende des Romans „eingegliedert" wird und den „Großen Bruder" ohne jeden weiteren Widerstand anerkennt, gelingt Montag's Ausbruch aus dem Vernichtungsstaat mit einem Keim von Hoffnung (vgl. S. 176).

tigen Zweifel an seinem Tun aus. Über der neuen Welt hängt drohend der Krieg (— zwei Atomkriege wurden bereits gewonnen —), symbolisiert durch die ewig brummenden Flugzeuge. Das Chaos, das über die neue Welt kommen wird, ist irrwitziger als jedes zuvor erlebte. Die alte Frau kann darum auch voller Verachtung sich selbst und ihre Bücher in Brand setzen, eine letzte Heilige auf dem Schafott.
Die Verhaftung Guy Montags bildet exakt den Wendepunkt des Romans. Sie und das Flammenmeer, in dem sein Besitz versinkt, bedeuten den ersten massiv schädigenden Eingriff des Staates in das eigene System.
Was dort zerbrochen wird, vollendet sich in der totalen Verwüstung eines ‚flammenden Infernos', das die ganze Stadt pulverisiert: „... Die Stadt sieht aus wie ein Haufen Backpulver. Alles weg..." (S. 173)
Während also äußere und innere Spannung ihre logische Entsprechung in dem Aufbau haben, verdichten weitere zentrale Elemente die Aussage und ästhetische Wirkung des Romans. Dazu zählen **Anspielungen**[9], die **Parallelführung bzw. Kontrastierung der** wichtigsten **Romanfiguren,** die **Kerndialoge** in jedem Teil, eindringlich verwendete **Symbole** und eine ‚smarte' **Ironie,** wie ich eines der wichtigsten Stilmittel Bradbury's in diesem Roman etwas salopp bezeichnen möchte. Auf dieses Bündel der strukturgebenden Merkmale und Mittel gehe ich in den Teilkapiteln III, 2.3 und 2.4 noch näher ein.
Es bedarf sicherlich einer Fülle von Kennzeichnungen, um die Bedeutung des Romans umfassend, differenziert und gerecht zu beschreiben. Daß er mehr als nur ‚spannende Fiktion' ist, braucht eigentlich nicht (erneut) unterstrichen zu werden. Bradbury's Roman trifft die **Wirklichkeit unserer Zeit:** Kulturverlust, Umweltzerstörung, Hohlheit und der gefährlicher Einfluß der Massen-Medien, Einsamkeit des Menschen in der Glitzer- und Akustotechnik unserer Jahre, Identitätsverlust und Selbstvernichtung, entarteter Froh-

9) Hierin weist sich Bradbury als ‚poeta doctus' aus, der unsere Kultur und Geschichte kennt.

sinn und bizarre Formen der Gewalt, Ratlosigkeit und Verzweiflung, Angt vor dem Atomtod.
Es wäre wenig objektiv, die Gegenseite zumindest mit einigen vergleichbaren Schlagworten nicht auch anzudeuten. Der Mensch ist auch mehr: Er hat Hoffnung und seine Ideale, eine verinnerlichte Kultur, die ihn aus der Bedrohung und dem Untergang stets wieder herausgeführt haben.
Bradbury's Roman ist eine ernste Warnung an uns, eine kritische Bilanz und ein wenig behagliches Portrait unserer Zeit. Sein Appell ist leidenschaftslos in gewisser Weise, aber als Plädoyer für das Leben der gesamten Menschheit eindrucksvoll. Hier schreibt jemand mit dem Herzen zugleich. Nicht mehr und nicht weniger bedeutet uns Bradbury's Roman als eine literarisch hochwertige Aussage zu den Ursachen und Folgen der Unmenschlichkeit.

Stimmen der Kritik[10)]

„. . . Bradbury obviously does not regard the form of writing he has chosen to be merely diverting and entertainment. What he has chosen to do is motivated by a powerful concern for his society and its life. . ."[1)]

„. . . Bradbury's major themes transform the past, present, and future into a constantly shifting kaleidoscope whose brilliance shades into pastels or transform language into coruscant vibrations through his verbal majic (. . .) Metapher is an important word to Brandbury. . ."[2)]

„. . . Bradbury can be seen as representative of a whole generation of middle class Americans (. . .) One might see in his leaving the provincial security and simplicity of Waukegan, his Green Town, as a youth and traveling cross country into the modern and futuristic setting of Los Angeles just how this conflict might have taken hold of Bradbury's mind and imagination. But one may also go beyond these personal and sociological explanations for his obsession with this subject and place it within an aesthetic context. . ."[3)]

(. . .) His prose is even more poetical than Sturgeon's, his tendency toward sentiment even more marked. He has borrowed the externals of science fiction to disguise and make more convincing his magical preoccupations. . ."[4)]

10)
1) J. Blakey. Fahrenheit 451, S. 87
2) W. E. McNelly, Past-Present and Future.
3) A. J. Stupple, The Past, the Future and Ray Bradbury. In: Th. D. Clareson. Voices for the Future, S. 167 ff.
4) E. S. Rabkin, Science Fiction, S. 65

2.2 **Zum Inhalt**

Eine ausführliche Inhaltsangabe wird in diesem Teilkapitel durch eine Art stichwörterähnlichen ‚Lese-Leitfadens' ersetzt. Ich stelle kurze **inhaltsbezogene Hinweise** und entsprechende **Seitenangaben** nebeneinander. Sie dienen einer schnellen Orientierung, machen jedoch in keinem Falle die genaue Lektüre überflüssig. Durch diesen **Vorgriff** in einer Art Gesamtübersicht kommt es notwendigerweise zu einzelnen wiederholenden Seitenangaben in den folgenden Teilkapiteln III, 2.3 — III, 2.5, wenn es um zusätzliche Detailinformationen geht.
Wir hoffen, mit diesem ökonomischen Verfahren eine wirkliche Hilfe für das weitere eigenständige Erarbeiten des Romans geben zu können, ohne dem Schüler (oder auch Lehrer) alles, aber auch alles ‚vorgekaut' zu haben. Wir sind uns im klaren, daß es nicht das erste Mal wäre, daß Schüler und Lehrer im Unterricht eine Lektüre behandelt hätten, die weder der eine noch der andere Arbeitspartner im Detail exakt gelesen hat...

Inhaltsbezug | Seitenverzeichnis

1) Der ‚mechanische Hund' als Schreckens- und Tötungsinstrument in Beatty's System ist von derart auffallender, eindringlicher und auch schlichter Symbolik, daß ich darauf in den nachfolgenden Teilkapiteln nicht mehr eingehe.

Inhaltliche und formale Bezüge des Romans lassen sich in einem einfachen grafischen Bild wie folgt veranschaulichen:

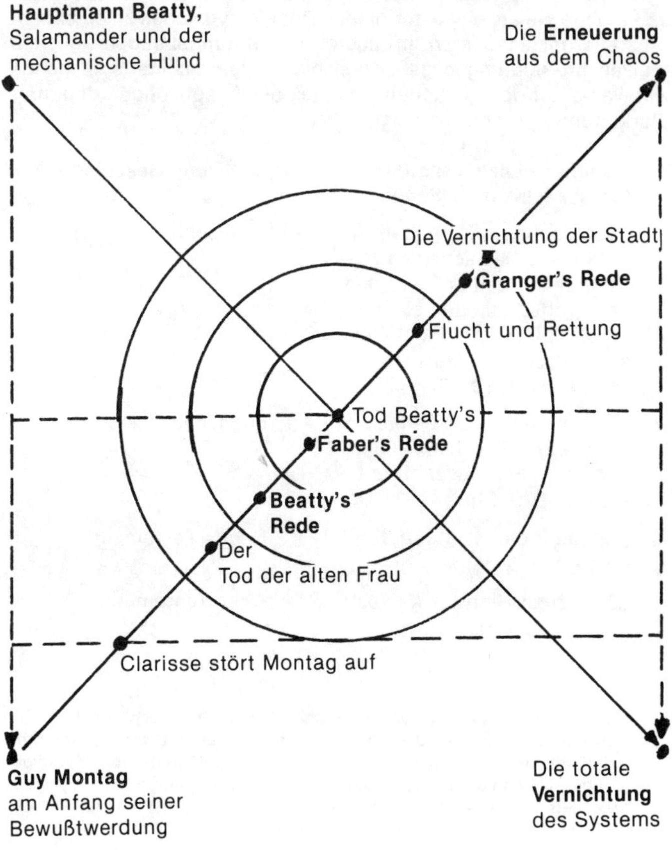

2.3 **Sachliche und sprachliche Erläuterungen**

Es mag sein, daß der Leser die vielen gelehrten Anspielungen[1] des Romans aus Literatur, Geschichte, Philosophie und Theologie liest, ohne sie als etwas für diesen Roman Typisches zu erkennen. Anstelle der ansonsten in unseren Erläuterungsbänden üblichen Einzelworterklärungen geben ich hier einige zusammenfassende Hinweise auf den gesamten Komplex der Anspielungen und ihrer Bedeutungen für diesen Roman.

1	„Meister Ridley", sagte Montag schließlich ... (S. 49)	— (Englische Geschichte)[2]
2	„Schätzungsweise haben elftausend Menschen zu verschiedenen Zeiten lieber den Tod erlitten, als daß sie sich bereit gefunden hätten, Eier am spitzen Ende aufzuschlagen ..." (S. 77)	— (Englische Literatur)[3]
3	„Es läßt sich nicht genau angeben, in welchem Augenblick eine Freundschaft entsteht ..." (S. 81)	— (Englische Literatur)[4]
4	„Schauet die Lilien auf dem Felde ..." (S. 88)	— (Neues Testament)
5	„Das Buch Hiob ..." (S. 103)	— (Altes Testament)

1) J. Blakey erkennt wenigstens 8 Bündel von Anspielungen.
2) Nicholas Ridley (ca. 1500—1555) wurde zusammen mit Hugh Latimer, einem englischen Bischof, öffentlich verbrannt wegen ‚Unbotmäßigkeit' gegenüber der Königin Mary, Gattin des Phil. II von Spanien
3) Zitiert aus: „Gulliver's Travels" von Jonathan Swift (1667—1745)
4) Zitiert aus: „Life of Dr. Johnson" von James Boswell (1740—1795)

6 „Des Glaubens Meer umschloß einmal, als noch die Fluten schwollen ... (S. 110) — (Englische Literatur)[5]

7 „Alles hat seine Zeit ..." — (Altes Testament)

8 „Und auf beiden Seiten des Stromes stand ein Baum des Lebens ..." (S. 176) — (Altes Testament)

Alle Zitate und Anspielungen beschreiben Guy Montag's innere Konfliktlage. Mithilfe der Bücher aber findet er seinen Ort in der ihn umgebenden Welt. Je tiefer er sich in den Geist der Bücher hineinversetzt, desto unüberbrückbarer wird der Abstand zu dem System, für das er arbeitet.
Die Erinnerung an den Feuertod Ridley's bestärkt Montag darin, im Feuer nicht nur an die Vernichtung, sondern an die lebenserneuernde Kraft zu sehen. Groß ist das Vertrauen Hiobs, gewaltig die Macht des Wortes (Matthew-Gedicht), tröstlich die „Lilien auf dem Felde". Bradbury schlägt mit der Auswahl seiner Zitate und Anspielungen einen großen historischen Bogen zurück zu den ältesten Schriften, denen auch das letzte, für die Romanaussage so bedeutsame Zitat entnommen ist.
Dem Materialkapitel füge ich wörtlich Blakey's Zusammenfassung[6] zu den Anspielungen des Romans hinzu:
It can hardly be denied that the **allusions in Fahrenheit 451 make important contributions to the novel.** In general, those contributions may be summarised as follows:
a. The allusions are employed in a way which clarifies the stages in the development of the plot. Beginning with Latimer's words and ending with the quotation from Revelation, we are able in the intermediate stages to see the progression of Montag's searching slow-

5) Zitiert aus: „Dover Beach" von Matthew Arnold (1822—1888)

6) Blakey's sehr detaillierte Aufarbeitung der ‚allusions' ist zur Nachlektüre empfohlen. Es ist Ziel und Zweck unserer Erläuterungen, dem Leser **wesentliche Hinweise** zu geben. Deshalb wurde auf eine vergleichbare Ausführlichkeit verzichtet. — Vgl. J. Blakey, S. 68—86

ly take form. From confusion and lack of understanding, he proceeds to awareness, each stage of his illumination being illustrated by an illusion which helps to depict his frame of mind at a particular time. **The allusions are thus an important feature of the plot-structure.**

b. The allusions clarify the central conflict of the novel. By contrast, for example, they help us to see the **horrifying depersonalization of life** which is **the leading feature of society in Fahrenheit 451.** The books speak with a human voice; **society speaks with a mechanical voice-box.** Further, as this section of these notes has emphasized on a number of occasions, the allusions help to emphasize the nature of the conflict in the novel. By infusing a wider perspective into the novel, the allusions, and particularly the biblical allusions, create a larger hero for the novel; **the tragic hero becomes, not just Montag, but the whole human race.** The conflict is seen, then, as being, not come man's struggle against a particular society, but in a sense the struggle of the race to achieve a vision of the future. **The cyclical view stresses** that this is not a struggle to be fought once and won once. **It is a kind of contrast warfare in which man must be ever-vigilant to defeat the forces that would deprive him of his humanity.**

c. The allusions are frequently used as a device to portray the frightening emptiness of society in Fahrenheit 451. The qualities which the quotations express are absent from that society. Friendship, sacrifice, a sense of the self, the power of human love, intuition of the future, — all are aspects of human existence which the allusions present, but which none of the characters, except those whom Montag joins, can even comprehend.

2.4 Außenseiterproblematik

Bislang ist die besondere Rolle **Guy Montag's,** der **Roman-Hauptfigur,** zwar wiederholt angesprochen, aber nicht ausführlich erörtert worden. Guy Montag, so muß klar gesehen werden, tritt erst **mit und im Gegensatz** zu den anderen Figuren des Romans plastisch hervor. Es ist darum erforderlich, in diesem Teilkapitel auch den übrigen Personenkreis wenigstens zu streifen.
Im Roman kommen neben Guy Montag einige weitere Hauptpersonen und eine Reihe von Nebenfiguren vor. Zur ersten Gruppe sind **Clarisse McClellan, Mildred Montag, Hauptmann Beatty,** die **alte Frau, Prof. Faber** und **Granger** zu zählen. Der zweiten gehören Stonemann und Black, Frau Bowles und Frau Phelps, Clement, Dr. Simmons, Prof. West, Padover, Harris, Frau Blake sowie zwei ‚Gehilfen' an, die als ‚Notärzte' mechanisch ihr Handwerk an Mildred Montag vollziehen (S. 24—25).
Es ist darauf hingewiesen worden, wie bewußt und stilvoll Bradbury die Aufbaumomente seines Romans verknüpft, und so kommt auch der Figurenkonstellation handlungsstützende und konfliktlösende Bedeutung zu. Die Hauptfiguren, denen wir uns hier kurz zuwenden, bilden gegensätzliche bzw. einander ergänzende Gruppen. Die für den Roman wichtige **Parallelisierung** von Clarisse/Mildred sowie Hauptmann **Beatty/Faber** erfüllt einerseits die Aufgabe, die Menschen des Systems vorzustellen, andererseits hat sie die Funktion, die Extrempunkte in Guy Montag's Bewußtsein und Handeln figürlich sichtbar zu machen.
Clarisse und Mildred, die beiden Frauen, die je auf ihre Weise in Montag's Leben wichtig sind, stellen dabei nicht nur als Individuen Gegensätze dar, sondern generalisiert auch als **Bild der Frau:** Mildred als jene, die der Staat zu der gemacht hat, die sie ist, Clarisse als die andere, wie die Frauen sein sollten. Mildred geht in der mechanisierten Welt auf, angepaßt und von den ewig plätschernden Medien beherrscht. Clarisse hingegen erscheint natürlich, auf eine unbekümmerte Art „crazy", empfindsam, verträumt, unverdorben, menschlich. Daß sie durch einen ‚Autounfall' stirbt, Montag erfährt

es von Beatty (S. 69)[1], zeigt nur allzu unverstellt die Brutalität des Systems, das alles Humane vernichtet.
Guy Montag wächst an beiden Frauen, indem er sich von Mildred entfernt und aus Clarisse's Existenz Ansätze für Hoffnung und Überleben ableitet.
Beatty und **Faber** repräsentieren ebensolche Gegensätze: das System auf eine kühle, gescheite, zynische Art der eine — die humane Gesinnung voller Ängstlichkeiten und Zögern der andere. Sie drücken je einen Teil des **Dualismus aus, mit dem Guy Montag lebt,** ehe er beide Pole verschmilzt und handlungsfähig wird, wie es ihm Gewissen und Verstand raten. Vom staatshörigen Bürger schreitet er voran zum ‚ungehorsamen' Bürger.
Granger weist ihm dabei als letzter den Weg. Er kann verstanden werden als ein ‚Vor-Montag' des Romans, dem der Jüngere folgen will und kann.
Alle übrigen Figuren erfüllen **ohne Eigenanspruch** die Erfordernisse der Gesellschaft, in der sie leben, ohne Willen und Wissen.
In **Guy Montag** stellt Bradbury exemplarisch den denkenden und nach seinem Gewissen handelnden Menschen dar, der sich von seinen Irrtümern befreit. Er macht sich damit zum **Außenseiter der Gesellschaft.** Auf diesem Wege sind in Montag's Entwicklung **drei Stadien** zu unterscheiden:

a) ein Stadium der Vorbewußtheit;
b) ein Stadium des Bewußtseins und des Wissens;
c) ein Stadium des Wissens und des Handelns.

Zunächst erkennt Clarisse in ihm den Träumer, den Romantiker (S. 19). Sie kann ihm unverblümt sagen, daß seine Arbeit nicht zu ihm passe (S. 33). In diesen Begegnungen mit Clarisse, die im Roman kontrastiert werden mit jenen, die Montag und Mildred haben, reift Montag an seinen Zweifeln für den Widerstand. Seine künstlerische Ader beflügelt seinen Geist, und er versteht sich nicht län-

1) Hauptmann Beatty's kurzer Bericht darüber enthält einen drohenden und vorausdeutenden Ton, (den Montag nicht registriert): „Wir können all die Eigenbrötler in ein paar Jahren nicht ausschalten..." (S. 69)

ger als „Glückshüter", wie Beatty sich selbst, Montag und die anderen Feuerwehrmänner bezeichnet (S. 70). Im Wagnis, sich auf den Geist der Bücher eingelassen zu haben, liegt die drohende Vernichtung Montag's durch das System beschlossen. In Professor Faber nun hat er einen kompetenten Mitwisser und Mitstreiter für seine Idee, Bücher wieder zum Leben zu erwecken und den Widerstand zu riskieren, trotz aller Ängste, mit denen Faber lebt. Montag weiß, daß er auf dem richtigen Weg ist (S. 95—101).
In rascher und entschlossener Gegenwehr tötet Montag dann Beatty (S. 130—132), als ihm selbst die Vernichtung droht. Danach sieht er sich gezwungen, in den Untergrund zu gehen. Als er dort auf Gleichgesinnte trifft, vertieft sich sein Wissen zum **Sendungsbewußtsein.** Seine Rückkehr in die Stadt des Todes und der Asche gleicht der eines ‚Heiligen', der neuen Geist und neues Leben verheißt (S. 176). Der Außenseiter Guy Montag tritt zur geistigen und moralisch-sittlichen Erneuerung der Gesellschaft an.
So positiv die Bekanntschaft mit Clarisse McClellan für Montag's Entwicklung ist, so bedeutet sie doch nicht viel mehr als einen **Anstoß.** In funktionaler Hinsicht sind Montag's Auseinandersetzungen mit Hauptmann Beatty und Professor Faber wesentlich gewichtiger, und dementsprechend sind die großen Dialoge Montag/Faber und Montag/Beatty für die formale Gestaltung des Romans von zentraler Bedeutung. In der Darstellung der Konfliktsituation und damit in der Akzentuierung der diametral entgegengerichteten Ideen Beatty's und Faber's entsprechen sie denen zwischen M. Mond und Helmholtz in Huxley's „Brave New World" bzw. O'Brien und Smith in Orwell's „1984". Der dritte Dialog im Teil III, der überwiegend von Granger geführt wird, hat für Montag nicht die antreibende Impulskraft wie die voraufgegangenen Reden Beatty's und Faber's. Er ist aber Kulminationspunkt und zeigt einen neuen Beginn für die Menschen nach dem Untergang ihrer Stadt.[2)]

2) „All three speeches, then, set the mood for the sections in which they appear, motivate the developments in the plot and provide a context for understanding the themes of the novel. . ." — Vgl. J. Blakey, S. 67

Beatty's Rede (S. 61—72), gelegentlich durch Ausrufe und kleine Einwürfe Mildred's und Guy Montag's unterbrochen, hat eine doppelte Funktion. Für den **Leser** enthält sie wichtige Informationen, die ihm den gesellschaftlichen Wandel begreiflich machen: „... Mit diesem Zug ins Massenhafte wurde alles einfacher..." (S. 63). **Guy Montag** gewinnt dadurch einen Teil der ihm fehlenden Klarsicht. Die ‚cool' vorgetragenen Argumente für die die positiv zu sehende gegenwärtige Gesellschaft wecken in ihm Abscheu und Widerstandsbereitschaft: „... Ich trete überhaupt nie wieder an", dachte Montag... (S. 71)
Durch Professor **Faber's Vortrag (S. 90—102)** erhält Montag die ihm fehlende theoretische Fundierung für die Gedanken der gesellschaftlichen Erneuerung: „... Unsere Kulturwelt ist von innen heraus verseucht. Das ganze Gerüst muß geschmolzen werden..." (S. 97)
Granger's Worte schließlich, die dieser beim Auftauchen Montag's erklärend und fordernd an ihn richtet (S. 161—169), tauchen ein in das Alte, um daraus das Neue zu schöpfen: „... Auf unsere Art sind wir vorbildliche Staatsbürger: wir ziehen die alten Geleise entlang (...) Das ist nicht erquicklich, aber was willst du, wir sind eine überzählige Minderheit, die Rufer in der Wüste..." (S. 163/164).
Wenn von **Guy Montag als ‚Außenseiter'** gesprochen wird, so trifft diese Rollenzuweisung nicht nur auf ihn und die Gruppe um Granger, sondern in hohem Maße auch auf **Hauptmann Beatty** zu. Das mag paradox erscheinen, erklärt sich jedoch einsichtig aus seiner Funktion. **Beatty** ist ein einsamer Wolf, wachsam und überlegen, bissig, erfahren, unberechenbar und sehr beherrscht. Als intelligenter Gegenspieler Faber's scheitert er an Montag's Entschlossenheit. Sein Tod, bitter und ironisch von Bradbury dargestellt (S. 130), beendet ein ‚verfehltes' Dasein eines gebildeten Menschen, der die Befähigung zum Umdenken in sich trug. Beatty steht allein mit der zynischen Interpretation seiner Handlungsweise; die anderen Mitarbeiter können einem ideologischen Anspruch gar nicht erst folgen. Einsamkeit macht ihn grausam, doch auch Beatty zeigt zumindest Untertöne des Versöhnlichen, die Bereitschaft zum heroischen Tod: „... Nur zu, du Literat aus zweiter Hand, drück ab. Er tat einen Schritt auf Montag zu..." (S. 130).

Montag hat sich die Achtung vor Hauptmann Beatty bis zuletzt bewahrt. Sein Schreien, als Beatty in den Flammen verzischt, ist das Schreien, auch für einen ihm selbst ähnlichen Charakter, um den es ihn leid tut. Montag hat ihn nicht kalt erledigt. Ein letztes Wort gilt — vielleicht hat er ihn sich gewünscht — dem möglichen Freund, ehe er in der Dunkelheit untertaucht: „Lebwohl, Hauptmann Beatty!" (S. 132). Im Tod Beatty's vereinigen sich die Außenseiter, und Guy Montag weiß, daß er aus der Kraft und dem Geist des Feuers den Weg in die menschliche Gesellschaft zurückfinden wird.

2.5 **Zusammenfassung — Grenzziehung**

Die beiden erläuterten Romane möchte ich nunmehr in einer vergleichenden Zusammenfassung einander gegenüberstellen. In die synoptische Schlußübersicht beziehe ich die mehrfach erwähnte Utopie George Orwell's, „1984", auch noch ein, um so Gemeinsamkeiten und Abweichungen an drei Beispielen innerhalb der traditionellen Linie des Genres zu verdeutlichen.
Ziehen wir auf die im Kapitel II zitierten **außerliterarischen Kriterien** als Bezugs- und Vergleichsgrößen heran, so läßt sich global von einer Gleichwertigkeit der Romanqualitäten „Brave New World", „Fahrenheit 451" und („1984") unter dem Aspekt der ‚Genregemäßheit' sprechen.

1 Der jeweilige Schreckens**topos** ist die Stadt, der (Stadt-)Staat, als System organisierter Unmenschlichkeit.

2 **Traditionelle Werte** sind einem **neuen Fortschritt** geopfert worden (Technologie); sie sind einem neuen Denken mit seinen burtalen Konsequenzen gewichen.

3 Eine massenmedial **organisierte Supervision** (Technik) beherrscht als ‚Droge' Mensch und Gesellschaft.

4 Die Gesellschaft wird als **gelenkte Masse der neuen Ideologie** verpflichtet. Der Mensch als einzelner verliert seine Identität. Physischer und psychischer **Terror,** mehr oder weniger subtil gehandhabt, ist das Prinzip, mit dem **Hörigkeit** und totale Unterwerfung sichergestellt werden.

5 Die **Lebensqualitäten** der Bewohner sind auf eine durch den Apparat kontrollierte, weitgehend der Selbstbestimmung enthobene, damit **mechanisierte Gleichförmigkeit** herabgewürdigt und reduziert.

6 **Arbeitsleistung und Freizeit** („Freiheit") sind staatlich verordnet bzw. gelenkt; sie dienen der Bestätigung der Staats-Ideologie.

7 Jeder **organische Zusammenhang** von ‚Leben' und ‚Vergehen' ist **aufgehoben** und ersatzweise aufgefüllt mit einer willkürlich einsetzbaren Künstlichkeit (Surrogate), die mitbestimmend werden über Leben und Tod.

Dabei konzentriert Huxley seinen Ansatz mehr auf das Bild einer bio-chemisch reglementierten Ersatzgesellschaft; Bradbury stellt die (vernichtungs-) technologisch und massenmedial beherrschte, vom nuklearen ‚overkill' ständig bedrohte (letzte) Menschheit dar. Selbst wenn in Huxley's und Bradbury's Romanen einerseits die aus der ‚alten' Welt resultierenden Getriebestörungen, andererseits der auch willentlich-entschlossene Widerstand (Montag) spärlichste Hoffnung und positive Weltsicht zu signalisieren scheinen, so entbehren die beiden dargestellten Gesellschaften doch insgesamt des lebenserhaltenden Atems. Pessimismus und Depression setzen lastende Akzente. Der Zustand unserer Welt wird genau erfaßt und markiert.
Fassen wir dabei den dritten Roman („1984") ins Auge, so trifft die Aussage, die P. Lewis in seiner Orwell-Biographie[1)] macht, vollendet auch auf die beiden anderen Romane zu: „. . . Es hätte nicht so viele Menschen mit Entsetzen erfüllt, wenn man nicht insgeheim überzeugt gewesen wäre, daß die geschilderten Horrorszenen nicht nur eine mögliche, sondern eine sogar wahrscheinliche Entwicklung widerspiegelten."
Wir haben uns die Individualität der Autoren als Mensch und Person aber in diesem Zusammenhang noch einmal vor Augen zu führen. Für Huxley gilt, daß er nie ein politischer Schriftsteller war, für Orwell ausschließlich das Gegenteil. Bradbury nimmt eine Zwischenposition ein: privat, aber auch sozial engagiert in seinem Schreiben bringt er seine Phantasie und die Möglichkeiten des Genres für ein intensives Ausleuchten des Menschen und seiner geschichtlich-sozialen Existenz gekonnt ein.

1) Vgl. Peter Lewis. G. Orwell, The Road to 1984. Biographie. London 1981/Frankfurt-Berlin 1982, S. 188. (Dieser Titel ist in der Literatur-Auswahl, Kapitel IV, nicht enthalten.)

Huxley's Roman muß als der zynischste eingeschätzt werden, Orwell's als der bitterste und ergreifendste, Bradbury's als der bestürzendste. Die poetische Kraft seines Romans allerdings nimmt ihm viel von seiner Härte, so daß man sich beinahe in den Hitzegraden von „Fahrenheit 451" noch wärmen kann...
An den Schluß dieses Kapitels stellen wir jetzt die Zusammenschau der drei Romane. Das jeweilige Stichwortregister ist den unter Punkt 1—7 skizzierten Generallinien zugeordnet. Es akzentuiert ohne den Anspruch, alle Aspekte gerundet erfaßt und dargestellt zu haben. Das Register ist damit erweiterungsfähig und erhält dadurch zugleich seine didaktisch-methodische Funktion als ‚Strukturierungsmatrix'.

„Brave New World“ (A. Huxley)	„1984“ (G. Orwell)	„Fahrenheit 451“ (R. Bradbury)	Topi
Weltstaatenlenker (Mustafa) Brut- und Normzentrale des Weltstaates	Parteidiktatur (O'Brien) London Vier Ministerien	Die Stadt ohne Bücher, über der der Atomtod kreist — Hauptmann Beatty	Stadt — Staat als Schreckenstopos (1)
Wahlspruch des Erdballs Kunstsprache	Politische Schlagworte - Losungen - Parolen Drei Wahlsprüche der Partei	Feuer als Glücks-bringer — Feuerwehr als „Hüter“ des Glücks	Die neue Ideologie (2)
Uniformierte Gesellschaft in verordnetem Wohlstand	Uniformierte Gesellschaft in verordneter Anerkennung des „Großen Bruders“	Normierte Gesellschaft ohne Bücher — Medienkult	Das Bild der Gesellschaft (3)
Soma-Slogans Soma-Kultur	Menschen aus Fleisch und Blut unter dem Zwang des politischen Regimes — gesichts- und wesenslos	Niederbrennen von verdächtigen Häusern schafft Sensation und (geistige) Ersatz-befriedigung	Die Lebensqualitäten (4)
Fehlen von Moral, Gefühl, Religion und Kultur im ‚alten Verständnis‘, statt-dessen künstlich hervor-gerufene Einheitsgefühle	Auslöschen der Ver-gangenheit, Einheitsgefühle der Angst und des Hasses polit-diktatorisch, propagandistisch angeheizt	Kontrollierte Betätigung im Sinne der herr-schenden Ideologie	Arbeit — Leistung Freizeit (5)
Künstliche „tote“ Menschen, säuberlich klassifiziert	Politische Newspeak Erziehung zum Feind-denken — Auslöschen eines individuellen Bewußtseins	Der „leere“ Mensch, der beliebig ausgelöscht werden kann	Leben — Tod: Surrogate (6)
Widerstand (Helmholtz, Sigmund, Michel) durch Fehlleistungen des Systems ermöglicht — unterliegen (Verbannung - Tod)	Bewußter, berechneter Widerstand gegen das System (Winston) — unterliegt, wird angepaßt	Guy Montag wächst zum Erneuerer der Gesellschaft empor	Der Außenseiter: Vernichtung oder Aufstieg (7)

IV. Literatur-Auswahl

Ray Bradbury	Fahrenheit 451. Zürich 1981 (New York 1953). Diogenes Band 20862
Aldous Huxley	Schöne neue Welt. Frankfurt 1980 (New York 1932) Brave New World. Revisted. New York 1958

*

E. Barmeier	Science Fiction. Theorie und Geschichte. München 1972
W. Biesterfeld	Die literarische Utopie. Stuttgart 1974
E. M. Cioran	Geschichte und Utopie. Stuttgart 1979
R. C. Elliot	The Shape of Utopia. Studies in a Literary Genre. Chikago-London 1970
R. Gerber	Utopian Phantasy. A Study of the English Utopian Sciene Fiction Since the End of the 19th Century. London 1955
K. J. Heinisch	Der utopische Staat. Hamburg ^{12}1978
I. Modelmoog	Die andere Zukunft. Düsseldorf 1970
E. S. Rabkin	Science Fiction. New York 1977
H. Schröder	Science Fiction Literatur in den USA. Lahn-Gießen 1978
H. Swoboda	Utopia. Geschichte der Sehnsucht nach einer besseren Welt. Wien 1972
Y. Velan	Soft Gulag. Köln 1980
U. Widmer	Das Normale und die Sehnsucht. Zürich 1972
R. A. Zondergeld	Lexikon der phantastischen Literatur. Frankfurt 1983

*

W. Bernsdorf (Hg.)	Wörterbuch der Soziologie. Band 3. Frankfurt 1975
L. Borinski	Meister des englischen Romans. Heidelberg 1963
H. W. Descher (Hg.)	Englische Literatur der Gegenwart in Einzeldarstellungen. Stuttgart 1970
A. Friedman	The Turn of the Novel: The Transition to Modern Fiction. Oxford 1970
W. Karrer/E. Kreutzer	Daten der englischen und amerikanischen Literatur von 1890 bis zur Gegenwart. München 1973
	Kindlers Literatur Lexikon. 12 Bände. Zürich 1970 ff.
H. Oppel	Der moderne englische Roman. Berlin 1965
E. Standop/E. Mertner	Englische Literaturgeschichte. Heidelberg 1967
W. Schirmer	Geschichte der englischen und amerikanischen Literatur. Tübingen 1967
	A Critical History of English Literature. London 1960

*

J. Atkins	A. Huxley. A Literary Study. London 1956
P. Bowering	A. Huxley. A Study of the Major Novels. New York 1968
L. Brandner	A. Huxley. A Critical Study. Cranbury (N. J.) 1970
J. Calder	Huxley — Brave New World and Orwell — Nineteen Eight-Four. London 1976
P. W. Gannon	Brave New World (Monarch Press). New York 1965

S. Ghose	A. Huxley. A Cynical Salvationist. London 1962
A. Hendersen	A. Huxley. New York 1964
J. Meckier	A. Huxley. Satire und Structure. London 1969
ders.	A. Huxley. Utopie im Kontrapunkt und Wunschtraum. In: W. Erzgräber (Hg.). Englische Literatur von Wilde bis Beckett (Interpretationen 9) Frankfurt 1970, S. 190—212
Ph. Thody	A. Huxley. A Biographical Introduction. London 1973
R. Lucas[1)]	F. von Richthofen. Ihr Leben mit D. H. Lawrence. München 1975
J. H. Westlake	A. Huxley's „Brave New World" und G. Orwell's „Nineteen Eighty-Four". A Comparative Study. In: Die Neueren Sprachen (21), 1972, S. 94—102
G. Woodcock	Dawn and the Darkest Hour. A Study of A. Huxley. London 1972

*

P. Bisario[2)]	A Study of the Allusions in Bradbury's „Fahrenheit 451". In: English Studies 2 (59/70), S. 201—212
J. Blakey	Fahrenheit 451 (Coles Notes). Toronto-London 1972

1) In diesem Buch werden sehr persönliche Begegnungen und Erfahrungen wiedergegeben im Zusammenhang mit der freundschaftlichen Beziehung, die A. Huxley auch nach D. H. Lawrence's Tod zu F. v. Richthofen aufrecht erhielt. — D. H. Lawrence, geb. 1885, starb bereits 1930.

2) Eine Reihe von Aufsätzen zu R. Bradbury ist in französischen Fachzeitschriften erschienen, die hier nicht aufgeführt werden.

Th. D. Claresson (Hg.) Voices for the Future. Essays on the Major Science Fiction Writers. Bowling Green 1976

H. W. Descher Der Außenseiter im utopischen Roman der Moderne. In: Anglia 96 (3/4), 1979, S. 430—446

M. E. Mengeling Ray Bradbury's „Dandelion Wine": Themes, Sources and Style. In: English Journal (60/71), Heft 7, S. 877—887

A. T. Sullivan Ray Bradbury and Phantasy. In: English Journal (61/72), Heft 9, S. 1309—1314

*

A. C. Baumgärtner (Hg.) Jugendliteratur im Unterricht. Weinheim-Basel 1972

P. Freese/L. Hermes Der Roman im Englischunterricht der S II. Theorie und Praxis. Paderborn 1977

J. Gutsch Literarische Systeme für den Möglichkeitssinn. In: Diskussion Deutsch (6). Frankfurt 1971, S. 335—350

G. Metken Comics. Frankfurt 1970

W. Popp Die Rolle des Lesers. Studientexte für die Kollegstufe. München ²1978

R. Poppe G. Orwell-A. Huxley (Animal Farm/Brave New World/Nineteen Eighty-Four). Vision und Wirklichkeit in der literarischen Utopie. — Aspekte und Ansätze einer Unterrichtssequenz in vergleichender Betrachtung mit „The Iron Heel" (J. London) und „Lord of the Flies" (W. Golding). Hollfeld 1983²

W. Schemme	Trivialliteratur und literarische Wertung. Einführung in Methoden und Ergebnisse der Forschung aus didaktischer Sicht. Stuttgart 1975
I. Sonnhütter	Stundenblätter: Aldous Huxley „Brave New World“. Stuttgart 1983
G. Waldmann	Theorie und Didaktik der Trivialliteratur. München 1977
O. Watzke	Umgang mit Texten in der Sekundarstufe I. München 1975
J. Wermke	Zur Behandlung von Comics im Literaturunterricht. In: Zf Literaturwissenschaft und Linguistik (2). Düsseldorf 1972, S. 65—77

B A N G E   L E R N H I L F E N

Christian Floto

Basisinterpretationen für den Literatur- und Deutschunterricht der Sekundarstufen Band I **DM 10,80**

Best.-Nr. 0589-4 – Ausgewählte Stücke u. Prosa von Shakespeare bis Ionesco –

Nach einer kurzen Skizzierung der Literaturepochen werden anhand häufig gelesener Stücke Basisinterpretationen gegeben. Sämtliche Beispiele entstanden im Unterricht der Sekundarstufen.

Folgende Stücke werden u. a. behandelt:
Skakespeare, Hamlet – Lessing, Nathan – Schiller, Wallenstein – Goethe, Iphigenie – Kleist, Marquise von O / Die Verlobung ... – Fontane, Effi Briest – Dostojewskij, Der Spieler – Hauptmann, Rose Bernd – Mann, Tonio Kröger – Döblin, Berlin Alexanderplatz – Kafka, Der Prozeß – Brecht, Sezuan – Kipphardt, Oppenheimer – Frisch, Homo Faber – Frisch, Biedermann u. Br. – Ionesco, Die Stühle.

Christian Floto

Basisinterpretationen für den Literatur- und Deutschunterricht der Sekundarstufen Band II **DM 11,80**

Best.-Nr. 0593-2 – Ausgewählte Stücke und Prosa „moderner" Autoren in der ersten Hälfte des 19. Jahrhunderts –

Literaturgeschichtlicher Abriß, Biographische Stationen, Aufbauprinzipien von Novelle und Drama; Problemorientierte Bezüge zur modernen, sozialpsychologischen Lebenssituation.

Folgende Stücke werden u. a. behandelt:
Büchner, Woyzeck – Grabbe, Scherz, Satire, Ironie ... – Kleist, Der zerbrochene Krug / Prinz von Homburg / Michael Kohlhaas / Erdbeben in Chili.

Bernd Matzkowski

Basisinterpretationen für den Literatur- und Deutschunterricht der Sekundarstufen Band III **DM 10,80**

Best.-Nr. 0598-3 – Untersuchungen und didaktische Hinweise zum Volksbuch von Till Eulenspiegel. Hinweise auf den Schelmenroman –

Sachanalyse
1. Kurze Darstellung des Gegenstandes
2. Fachwissenschaftliche und interpretatorische Problematik und Aufarbeitung
3. Die Purifizierung des Volksbuches im Verlauf der Rezeption

Ausgewählte Historien – Inhalt und Anmerkungen
1. Historien mit der Betonung auf dem sozialkritischen Charakter
2. Historien mit der Betonung des Derben und Unflätigen

Exkurs: Motivquerverbindungen zu Schelmenromanen des 16. und 17. Jahrhunderts
1. Der frühe spanische Schelmenroman
2. Rabelais, Gargantua et Pantagruel
3. H. J. Ch. von Grimmelshausen, Simplicius Simplicissimus

Vorschläge für die Behandlung des Themas im Unterricht
1. Vorschlag für eine Untetrichtseinheit in der Sekundarstufe I
2. Vorschläge für die Behandlung der Eulenspiegel-Schwänke und der Schelmenromane in der Sekundarstufe II

Bernd Matzkowski/Ernst Sott

Basisinterpretationen für den Literatur- und Deutschunterricht der Sekundarstufen Band IV **DM 13,80**

Bestell Nr. 0599-1
zu 36 modernen deutschen Kurzgeschichten mit Arbeitsfragen

Inhalt: Interpretationen von Kurzgeschichten, die in den beiden Anthologien: **Arbeitstexte für den Unterricht** (Reclam) Dt. Kurzgeschichten 11. bis 13. Schuljahr und

Pratz/Thiel: **Neue deutsche Kurzgeschichten** (Hirschgraben) enthalten sind.

Anmerkungen zur Geschichte und Theorie der Kurzgeschichte
Arbeitsfragen und Interpretationen zu den folgenden Kurzgeschichten:

Aichinger, Das Fenster-Theater – **Aichinger,** Das Plakat – **Andersch,** Blaue Rosen – **Bender,** Fondue oder der Freitisch – **Bender,** Schafsblut – **Bichsel,** San Salvador – **Böll,** Es wird etwas geschehen – **Böll,** Mein trauriges Gesicht – **Borchert,** Das Brot – **Brambach,** Känsterle – **Brecht,** Die Bestie – **Brecht,** Vier Männer und ein Pokerspiel – **Eisenreich,** Am Ziel – **Grass,** Die Linkshänder – **Hildesheimer,** Der Urlaub – **Horst,** Stummes Glockenspiel – **Hühnerfeld,** Geschlossene Gesellschaft – **Huber,** Die neue Wohnung – **Jens,** Bericht über Hattington – **Kaschnitz,** Eisbären – **Kaschnitz,** Die Reise nach Jerusalem – **Kunert,** Lieferung frei Haus – **Kusenberg,** Herr G. steigt aus – **Lampe,** Die Alexanderschlacht – **Langgässer,** Die getreue Antigone – **Lenz,** Der große Wildenberg – **Meckel,** Die Vampire – **Musil,** Der Riese Agoag – **Reinig,** Skorbion – **Schnabel,** Hundert Stunden vor Bangkok – **Schnurre,** Auf der Flucht – **Seuren,** Das Experiment – **Storz,** Lokaltermin – **Walser,** Die Klagen über meine Methoden häufen sich – **Walser,** Die Rückkehr eines Sammlers – **Weyrauch,** Das Ende von Frankfurt am Main – **Kleines Glossar literarischer Begriffe – Literaturhinweise**

Karin Cohrs/Martin H. Ludwig

Basisinterpretationen für den Literatur- und Deutschunterricht der Sekundarstufen Band V

Romane und Novellen des 19. Jahrhunderts **DM 15,80**
Bestell-Nr. 0631-9

Aus dem Inhalt:

Einleitung, Politik und Kultur des 19. Jahrhunderts – Interpretationen ausgewählter Romane und Novellen.

Kurzbiographie des Dichters – Entstehung des Werkes – Inhalt – Charaktere – Situationen – Erschließung des Textes (stilistische Besonderheiten, literaturhistorischer Rahmen, gesellschaftliche und politische Bezüge usw.) – Arbeitsfragen.

Hoffmann, Das Fräulein von Scuderi – **Kleist,** Das Erdbeben in Chili – **Mörike,** Maler Nolten – **Gotthelf,** Wie Uli der Knecht glücklich wird – **Storm,** Immensee – **Droste-Hülshoff,** Die Judenbuche – **Raabe,** Die Akten des Vogelsangs – **Fontane,** Der Stechlin – **Eichendorff,** Aus dem Leben eines Taugenichts – **Keller,** Die drei gerechten Kammacher – **Storm,** Hans und Heinz Kirch – **Raabe,** Die schwarze Galeere – **Fontane,** Schach von Wuthenow – **Hauptmann,** Bahnwärter Thiel.

CHEMIE

Th. Bokorny

Chemie-Gerüst

Wegweiser und Ratgeber für Schüler und Abiturienten. 13., überarb. Auflage

128 Seiten **Bestell-Nr. 0674-2**

Dieses kurze in Tabellenform abgefaßte Vademecum der Chemie soll kein Lehrbuch oder Lexikon sein, sondern die großen Linien und wissenswerten Teile der modernen Chemie übersichtlich klar und einprägsam veranschaulichen und in Erinnerung bringen.

Thomas Neubert

Chemische Formelsammlung

36 S. – kart. **Bestell-Nr. 0685-8**

Hier wurden die wesentlichen Formeln mit ihren Anwendungsmöglichkeiten aufgezeichnet. Für den Schulunterricht und für häusliches Arbeiten ein wichtiges Hilfsmittel – echte Lernhilfe!

DEUTSCH

Christian Floto

Basisinterpretationen für den Literatur- und Deutschunterricht I

– Ausgewählte Stücke und Prosa von Shakespeare bis Ionesco –

96 Seiten 2. Auflage **Bestell-Nr. 0589-4**

Nach einer kurzen Skizzierung der Literaturepoche werden anhand häufig gelesener Stücke Basisinterpretationen gegeben. Alle Beispiele entstanden im Unterricht der Sekundarstufen.
Folgende Stücke werden u. a. behandelt:
Shakespeare, Hamlet – Lessing, Nathan – Schiller, Wallenstein – Goethe, Iphigenie – Kleist, Marquise von O/Die Verlobung ... – Fontane, Effi Briest – Dostojewski, Der Spieler – Hauptmann, Rose Bernd – Mann, Tonio Kröger – Döblin, Berlin Alexanderplatz – Kafka, Der Prozeß – Brecht, Sezuan – Kipphardt, Oppenheimer – Frisch, Homo Faber – Frisch, Biedermann u. Br. – Ionesco, Die Stühle.

Christian Floto

Basisinterpretationen für den Literatur- und Deutschunterricht II

– Ausgewählte Stücke und Prosa „moderner" Autoren in der ersten Hälfte des 19. Jahrhunderts. –

108 Seiten **Bestell-Nr. 0593-2**

Literaturgeschichtlicher Abriß, Biographische Stationen, Aufbauprinzipien von Novelle und Drama; problemorientierte Bezüge zur modernen sozialpsychologischen Lebenssituation. Folgende Stücke werden u. a. behandelt:
Büchner, Woyzeck – Grabbe, Scherz, Satire, Ironie ...; Kleist, Der zerbrochene Krug/Prinz von Homburg/Michael Kohlhaas/Erdbeben in Chili.

Bernd Matzkowski

Basisinterpretationen für den Literatur- und Deutschunterricht III

Untersuchungen und didaktische Hinweise zum Volksbuch Till Eulenspiegel.

Hinweise auf den Schelmenroman.

80 Seiten, kart. **Bestell-Nr. 0598-3**

Sachanalyse – Ausgewählte Historien – Motivquerverbindungen zu Schelmenromanen des 16. und 17. Jahrhunderts – Vorschläge für die Behandlung im Unterricht u. a.

Bernd Matzkowski/Ernst Sott

Basisinterpretationen für den Literatur- und Deutschunterricht IV

36 moderne deutsche Kurzgeschichten mit Arbeitsfragen.

112 Seiten, kart. **Bestell-Nr. 0599-1**

Interpretation der Kurzgeschichten **mit Arbeitsfragen** zu
ARBEITSTEXTE FÜR DEN UNTERRICHT (Reclam)
Deutsche Kurzgeschichten 11.–13. Schuljahr
und Pratz/Thiel:
NEUE DEUTSCHE KURZGESCHICHTEN
(Diesterweg)

Karin Cohrs/Martin H. Ludwig

Basisinterpretationen für den Literatur- und Deutschunterricht V

Romane und Novellen des 19. Jahrhunderts

120 Seiten, kart. **Bestell-Nr. 0631-9**

Aus dem Inhalt:
Einleitung, Politik und Kultur des 19. Jahrhunderts – Interpretationen ausgewählter Romane und Novellen.
Kurzbiographie des Dichters – Entstehung des Werkes – Inhalt – Charaktere – Situationen – Erschließung des Textes (stilistische Besonderheiten, literaturhistorischer Rahmen, gesellschaftliche und politische Bezüge usw.), Arbeitsfragen.
Hoffmann, Das Fräulein von Scuderi – Kleist, Das Erdbeben in Chili – Mörike, Maler Nolten – Gotthelf, Wie Uli der Knecht glücklich wird – Storm, Immensee – Droste-Hülshoff, Die Judenbuche – Raabe, Die Akten des Vogelgesangs – Fontane, Der Stechlin – Eichendorff, Aus dem Leben eines Taugenichts – Keller, Die drei gerechten Kammacher – Storm, Hans und Heinz Kirch – Raabe, Die schwarze Galeere – Fontane, Schach von Wuthenow – Hauptmann, Bahnwärter Thiel.

Rüdiger Giese/Christian Floto

Basisinterpretationen für den Literatur- und Deutschunterricht VI

Romane und Novellen aus dem 20. Jahrhundert

112 Seiten, Kart. **Bestell-Nr. 0473**

Schnitzler, Leutnant Gustl – Mann, Tod in Venedig – Kafka, Die Verwandlung – Hesse, Der Steppenwolf – Kästner, Fabian – Mann, Mephisto – Zweig, Schachnovelle – Böll, Haus ohne Hüter – Wolf, Der geteilte Himmel – Kempowski, Tadellöser und Wolff

Epochen deutscher Literatur

Kurzgefaßte Abhandlungen für den Deutschunterricht an weiterführenden Schulen.

Bestell-Nr. 0480

Die deutsche Romantik I

Frühromantik

Bestell-Nr. 0481

Realismus des 19. u. 20. Jahrhunderts

Bestell-Nr. 0482

Impressionismus und Expressionismus

Bestell-Nr. 0483

Sturm und Drang

Bestell-Nr. 0484

Die deutsche Romantik II

Spätromantik

Bestell-Nr. 0485

Die deutsche Klassik

Gerd Eversberg

Wie verfasse ich ein Referat?

Hinweise für die Informationsbeschaffung und -verarbeitung für den Literaturunterricht.

2. Auflage, 116 Seiten **Bestell-Nr. 0582-7**

Dieser Band soll den Schülern transparentes Arbeiten lehren. Das Themenbeispiel orientiert sich an der Schulpraxis und wurde auch erfolgreich erprobt.

Inhalt: Bibliographieren – Zitieren – Materialsammlungen – Bibliotheksbenutzung – Entleihen – Fernleihverkehr – Verlagskataloge und Buchhandlung – Manuskriptgestaltung – Referieren – Diskutieren.

Gerd Eversberg

Textanalyse 1 Umgang mit fiktionalen (literarischen) Texten

152 Seiten **Bestell-Nr. 0641-6**

Aus dem Inhalt:

I. Der Begriff des fiktionalen Textes: Das „Ästhetische" der Literatur – Betrachtungsweisen von Literatur – Literarische Wertung.

II. Probleme der Interpretation: Der Prozeß des „Verstehens" – Methoden der Literaturinterpretation – Arbeitstechniken (Textwiedergabe / Texterarbeitung / Texterörterung).

III. Beispiele für Interpretationen: Epische Texte – Dramatische Texte – Gedichte.

IV. Massenliteratur.

Textanalyse 2 Umgang mit nichtfiktionalen (Gebrauchs-)Texten

144 Seiten **Bestell-Nr. 0642-4**

Aus dem Inhalt:

I. Der Textbegriff.

II. Eine Typologie von Gebrauchstexten.

III. Bedingungen der Textanalyse.

IV. Methoden der Textanalyse: Textwiedergabe – Textbeschreibung – Texterörterung.

V. Beispiele für Textanalysen: Darstellende Texte (Sachtexte/Wissenschaftliche Texte) – Werbende Texte (Werbetexte/Politische Reden) – Gesetzestexte.

Gebrauchstextanalysen

– Methoden und Beispiele –

2. Auflage, 80 Seiten **Bestell-Nr. 0588-6**

Herausgegeben von einem Arbeitskreis der Pädagogischen Akademie Zams.

Aus dem Inhalt:

I. Warum Textuntersuchung? Begriffserklärungen.

II. Textanalyse – Textkritik

Vorgestellt werden nur drei Möglichkeiten einer Analyse:

a) Kommunikationstheoretischer Aspekt
b) stilistischer Aspekt
c) soziologischer Aspekt

III. Gebrauchstexte verschiedener Art, die auf o. a. Aspekte hin untersucht, bzw. kritisiert wurden.

Ordnung der Texte nach Themenkreisen:

Werbetexte – Ferienprospekte – Kinoprogramme – Diverse Jugendzeitschriften (Bravo u. a.) – Illustrierte und Frauenzeitschriften (Frau im Spiegel u. a.) – Schullesebücher – Geschichtsbücher – Tagesberichterstattung: Politische Beiträge/kulturelle Beiträge – Literarische Texte.

Deutsch auf der neugestalteten gymnasialen Oberstufe

Ein erfahrener Praktiker legt mit dieser Buchreihe Unterrichtshilfen für Schüler und Lehrer der Grund- und Leistungskurse vor.

Robert Hippe

Mündliche und schriftliche Kommunikation

2. Aufl., 104 Seiten **Bestell-Nr. 0563-0**

Sprache – Sprache und Verständigung

Grundbegriffe der Kommunikation – Die drei Dimensionen des Zeichens – Verschiedene Arten von Zeichen – Sprache und Norm

– Die Rede
– Das Referat
– Die Diskussion
– Das Protokoll
– Die Inhaltsangabe
– Die Erörterung

Robert Hippe

Umgang mit Literatur

2. Auflage, 116 Seiten **Bestell-Nr. 0564-9**

Definition von Literatur – Grundformen von Literatur – Merkmale der Lyrik – Merkmale der Epik – Merkmale der Dramatik – Formprobleme der Literatur – Aufbauprobleme in der Literatur – Arten der Interpretation – Was ist Interpretation – Literatur und Wirklichkeit u. v. a.

Interpretationen motivgleicher Gedichte in Themengruppen

mit vollständigen Gedichtstexten

Band 1: Edgar Neis

Der Mond in der deutschen Lyrik

80 Seiten **Bestell-Nr. 0620–3**

Arp – Bischoff – Borchert – Boretto – Britting – Brokkes – Bürger – Claudius – Däubler – Droste-Hülshoff – Geibel – Gleim – Goethe – Härtling – Heine – Holz – Klopstock – Krähenbühl – Krolow – Lange – Lehmann – Leonhard – Lichtenstein – zur Linde – Maurer – Morgenstein – Rasche – Rühmkorf – v. Stollberg – Trakl – v. d. Vring – Werfel – Wiens.

Band 2: Edgar Neis

Politische-soziale Zeitgedichte

2. Auflage, 112 Seiten **Bestell-Nr. 0621–1**

Bachmann – Biermann – Brecht – Bürger – Celan – Dehmel – Domin – Enzensberger – Le Fort – Freiligrath – Gryphius – Hädecke – Hagelstange – Heine – Herwegh – Keller – Kerr – Logau – Marti – Platen – Sabias – Salis – Schenkendorf – Schiller – Schreiber – Schubart – Tucholsky – W. v. d. Vogelweide – Weitbrecht – Wildenbruch.

Band 3: Edgar Neis

Der Krieg im deutschen Gedicht

2. Auflage, 112 Seiten **Bestell-Nr. 0622–X**

Bender – Benn – Biermann – Binding – Brambach – Brecht – Claudius – Dehmel – Eich – Flex – Le Fort – Fried – Gleim – Goethe – Hakel – Heise – Heym – Hölderlin – Höllerer – Huchel – Jahn – Jean Paul – Kaschnitz – Kästner – Körner – Leip – Lersch – Leonhard – Liliencron – Logau – Menzel – Mosen – Mühsam – Münchhausen – Neumann – Nick – W. Paul – Sachs – Schiller – Schnurre – Schuhmann – Stramm – Toller – Toussel – Trakl – Tumler – Vogel – Wiechert.

Band 4: Robert Hippe

Die Liebe im deutschen Gedicht

2. Auflage, 80 Seiten **Bestell-Nr. 0623–8**

Benn – Brecht – Eichendorff – George – Gleim – Goethe – Günther – Hesse – Hofmannsthal – Jacobi – Kästner – Krolow – Lasker-Schüler – Lenau – Liliencron – C. F. Meyer – H. v. Mohrungen – Mörike – Münchhausen – Opitz – Reinig – Rilke – Storm – Stramm – W. v. d. Vogelweide – Weickherlin.

Band 5: Robert Hippe

Der Tod im deutschen Gedicht

2. Auflage, 80 Seiten **Bestell-Nr. 0624–6**

Bächler – Benn – Brecht – Celan – Claudius – Droste-Hülshoff – Eich – Goethe – Gryphius – Hesse – Heym – Hofmannsthal – Hofmannswaldau – Höllerer – Kaltneker – Keller – Klopstock – C. F. Meyer – Mörike – Nick – Nietzsche – Novalis – Rilke – Schiller – Storm – Stramm – Trakl – Uhland.

Band 6: Robert Hippe

Die Jahreszeiten im deutschen Gedicht

2. Auflage, 80 Seiten Bestell-Nr. 0625–4

Benn – Britting – Claudius – George – Gerhardt – Goes – Goethe – Hagedorn – Heine – Hebbel – Hesse – Hofmannsthal – Hölderlin – Hölty – Huchel – Lenau – Logau – C. F. Meyer – Mörike – Rilke – Stadler – Storm – Trakl – Uhland – W. v. d. Vogelweide.

Band 7: Robert Hippe

Deutsche politische Gedichte

2. Auflage, 68 Seiten **Bestell-Nr. 0626–2**

Baumann – Biermann – Becher – Below – Brecht – Delius – Enzensberger – Fried – Fürnberg – Gomringer – Grass – Heine – Hoffmann v. Fallersleben – Holzapfel – Karsunke – Kunert – Luckhardt – Morawietz – Pottier – Radin – v. Saar – Scherchen – Schneckenburger – U. Schmidt – Schumann – Vesper – Walraff – Weinheber – Wessel – Zimmering.

Band 8: Edgar Neis

Die Welt der Arbeit im deutschen Gedicht

100 Seiten **Bestell-Nr. 0627–0**

Barthel – Bartock – Billinger – Brambach – Bröger – Chamisso – Dehmel – Dortu – Engelke – Freiligrath – Grisar – Heine – Herwegh – Jünger – Krille – Lersch – Lessen – Naumann – Petzold – Pfau – Piontek – Rilke – Schreiber – Seidel – Weerth – Weinheber – Wieprecht – Winckler – Zech.

Band 9: Edgar Neis

Deutsche Tiergedichte

136 Seiten **Bestell-Nr. 0628–9**

Barth – Bergengruen – Billinger – Boretto – Brecht – Britting – Busch – Claes – Dauthendey – Dehmel – Domin – Droste-Hülshoff – Eggebrecht – Eich – Freiligrath – Gellert – Gleim – Goethe – Grillparzer – Groth – Härtling – Hagedorn – Haushofer – Hausmann – Hebbel – Heine – Hesse – Huchel – F. G. Jünger – W. Lehmann – Liliencron – A. G. Kästner – Keller – Kolmar – Krolow – C. F. Meyer – Morgenstern – Pfeffel – Piontek – Rilke – Ringelnatz – Eugen Roth – N. Sachs – Schaefer – Trakl – Vring – Weinheber – Wiedner – Zachariae – Zuckmayer.

Band 10: Edgar Neis

Städte und Landschaften im deutschen Gedicht

168 Seiten **Bestell-Nr. 0629–7**

Teil I: Borchert – Sidow – Guesmer – Rilke – Grass – Le Fort – Karsunke – Aue – Zeller – Loerke – Fontane – Eich – Bleisch – Körner – Hauptmann – Bobrowski – Stadler – Goll – Reinfrank – Kunze – Zech – Becker – Droste-Hülshoff – Busta – Heine – Altenbernd – Wiedner – Stoltze – Kaschnitz – Hannsmann – Schnack – Hölderlin – Barthel – Mörike – Britting – George – Roth.

Teil II: Fontane – Heise – Kalkreuth – Zweig – Rilke – Rheiner – Goll – Salus – Brecht – Bachmann – Lehmann – Wagner – Benn – Schneider – v. Platen – Huchel – Hesse – Krappen – Kaschnitz – Celan – Britting – Kasack – Krauss – Boretto – Schaefer – Bachmann – v. d. Vring.

Interpretationen zeitgenössischer Kurzgeschichten

Edgar Neis

5. Auflage, 80 Seiten **Bestell-Nr. 0600–9**

Band 1: Aichinger, Puppe – Bender, Schafsblut – Bergengruen, Fahrt des Herrn von Ringen – Böll, Ungezählte Geliebte – Brecht, Unwürdige Greisin – Britting, Märchen vom dicken Liebhaber – Ernst, Förster und Wilddieb – Le Fort, Turm der Beständigkeit – Hochhuth, Berliner Antigone – Hofmannsthal, Lucidor – Kafka, Ehepaar – Kaschnitz, Das dicke Kind / Schneeschmelze – Kühner, Es gibt doch noch Wunder – Malecha, Probe – Risse, Gottesurteil – O. Schaefer, Frühe Vision – W. Schäfer, Mozarts Begräbnis – Schnabel, Hundert Stunden vor Bangkok / Sie sehen den Marmor nicht.

Robert Hippe

5. Auflage, 80 Seiten **Bestell-Nr. 0601–7**

Band 2: Andres, Trockendock – Benn, Gehirne – Bergengruen, Arzt von Weißenhasel / Legende von den zwei Worten – Böll, Bahnhof von Zimpren / Besenbinder / Erinnerungen eines jungen Königs / So ein Rummel – Brecht, Augsburger Kreidekreis – Döblin, Ermordung einer Butterblume – Dürrenmatt, Tunnel – Eich, Stelzengänger – Franck, Das verstandene Gedicht – Gaiser, Ein Mensch, den ich erlegt habe – Hampel, Das mit dem Mais – Hildesheimer, Eine größere Anschaffung – Kafka, Kübelreiter / Sorge des Hausvaters – Kasack, Mechanischer Doppelgänger – Langgässer, Die getreue Antigone / Untergetaucht – Musil, Portugiesin – Risse, Verkehrsunfall – Schnurre, Ein Fall für Herrn Schmidt.

Karl Brinkmann

4. Auflage, 80 Seiten **Bestell-Nr. 0602–5**

Band 3: Aichinger, Plakat – Alverdes, Die dritte Kerze – Böll, Damals in Odessa / Mann mit den Messern / Lohengrins Tod / Wanderer kommst du nach Spa ... – Borchert, Die lange, lange Straße lang / Generation ohne Abschied / Lesebuchgeschichten – Eisenreich, Ein Augenblick der Liebe – Gaiser, Brand im Weinberg / Du sollst nicht stehlen – Langgässer, Die zweite Dido / Glück haben – Lenz, Jäger des Spottes – Schnurre, Die Tat – Spang, Seine große Chance – Spervogel, Hechtkönig – Wiechert, Hauptmann v. Kapernaum / Hirtenknabe.

Martin Pfeifer

4. Auflage, 84 Seiten **Bestell-Nr. 0603–3**

Band 4: Aichinger, Hauslehrer / Nichts und das Boot – Bender, Die Wölfe kommen zurück – Böll, Über die Brücke / Es wird etwas geschehen – Brecht, Mantel des Ketzers – Britting, Brudermord im Altwasser – Eich, Züge im Nebel – Ernst, Das zweite Gesicht – Fallada, Lieber Hoppepoppel – Franck, Taliter – Hesse, Beichtvater / Bettler – Johnson, Jonas zum Beispiel – Kusenberg, Eine ernste Geschichte – Langgässer, Saisonbeginn – Le Fort, Frau des Pilatus – Meckauer, Bergschmiede – Pohl, Yannis letzter Schwur – Rinser, David – Schäfer, Hirtenknabe – Schallück, Der Tod hat Verspätung – v. Scholz, Das Inwendige – Walser, Ein schöner Sieg – Weisenborn, Aussage.

Edgar Neis

3. Auflage, 56 Seiten **Bestell-Nr. 0604–1**

Band 5: Borges, Das geheime Wunder – Calderón, Invasion – Callaghan, ein sauberes Hemd – Campos, Solidarität – Carson, Ein Mädchen aus Barcelona – Hemingway, Die Killer – Huxley, Schminke – Joyce, Eveline – Katajew, Die Messer – Mansfield, Für sechs Pence Erziehung – Manzoni, Die Repräsentiertasse – Olescha, Aldebaran – Saroyan, Vom Onkel des Barbiers, dem von einem Zirkustiger der Kopf abgebissen wurde – Sartre, Die Mauer – Timmmermans, Die Maske.

Karl Brinkmann

3. Auflage, 80 Seiten **Bestell-Nr. 0605–X**

Band 6: Andersch, Sehnsucht nach Sansibar – Böll, Wie in schlechten Romanen / Undines gewaltiger Vater – Gaiser, Das Wespennest / Fünfunddreißig Meter Tüll / Der Motorradunfall – Grass, Der Ritterkreuzträger – Hildesheimer, Nächtliche Anrufe – Holthaus, Geschichten aus der Zachurei / Allgemeines / Wo liegt Zachzarach / Das Wirtshaus Zum Vollautomatischen Bären – Lenz, Masurische Geschichte / Der Leseteufel / So schön war mein Markt / Der große Wildenberg – Kramp, Was der Mensch wert ist – Reding, Die Bulldozer kamen / Während des Films / Jerry lacht in Harlem / Fahrerflucht – Schnurre, Wovon der Mensch lebt – Walser, Die Artikel, die ich vertrete.

Rudolf Kanzler

64 Seiten **Bestell-Nr. 0606–8**

Band 7: Aichinger, Die Silbermünze – Altendorf, Der Knecht Persenning – Andersch, Ein Auftrag für Lord Glouster – Bauer, Hole deinen Bruder an den Tisch – Britting, Der Gang durchs Gewitter – Dörfler, Die Kriegsblinde – Hesse, Das Nachtpfauenauge – Hildesheimer, Der Urlaub – Kaschnitz, Gespenster – Lenz, Die Nacht im Hotel – Th. Mann, Das Eisenbahnunglück – Noack, Die Wand – Ohrtmann, Der Sched ist wieder da – Rinser, Der fremde Knabe – Schallück, Unser Eduard – Wiechert, mein erster Adler.

Edgar Neis

80 Seiten **Bestell-Nr. 0607–6**

Band 8: Andersch, Grausiges Erlebnis – Bachmann, Alles – Bender, In der Gondel / Fondue – Bichsel, Tochter – Bobrowski, Epitaph für Pinnau – Bolliger, Verwundbare Kindheit – Brecht, Wiedersehen – Eisenreich, Der Weg hinaus – Fritz, Schweigen vieler Jahre – Fühmann, Judenauto / Schöpfung – Gaiser, Gazelle grün – Heissenbüttel, Wassermaler – Kaschnitz, Das rote Netz – Kunert, Fahrt mit der S-Bahn – Nossack, Das Mal – Reinig, Drei Schiffe – A. Schmidt, Resümee – Walser, Tänzer / Knabe – Wohmann, Ich Sperber / Der Schwan / Knurrhahn-Stil.

Robert Hippe

72 Seiten **Bestell-Nr. 0608–4**

Band 9: Aichinger, Fenster-Theater – Bichsel, Holzwolle – Brecht, Vier Männer und ein Pokerspiel – Frank, Die Monduhr – Fuchs, Gedankenaustausch – Geißler, Kalte Zeiten III – Heckmann, Die Wohltaten des Löffels / Das Henkersmahl – Holthaus, Wahrhaftige Geschichte von der Spazierfahrt – Kaschnitz, Popp und Mingel / Christine – Klose, Am roten Forst – Kunert, Andromeda zur Unzeit – Lenz, Die große Konferenz – Magiera, In den Sand geschrieben – Marti, Neapel sehen – Mechtel, Ein kleiner Tag –

Nossack, Helios GmbH – Novak, Schlittenfahren – Weissenborn, Die Stimme des Herrn Gasenzer / Die Sache mit Dad – Wohmann, Denk immer an heut' nachmittag – Weyrauch, Mit dem Kopf durch die Wand – Wohmann, Die Klavierstunde – Zeller, Der Turmbau.

Edgar Neis

80 Seiten **Bestell-Nr. 0609–2**

Band 10: Bernhard, Die Mütze – Bichsel, San Salvador / Ein Tisch – Bobrowski, Lipmanns Leib – Brecht, Das Experiment – Brückner, Lewan / Schwierigkeiten beim Ausfüllen eines Meldezettels / Ein Pferd ist ein Pferd – Dürrenmatt, A's Sturz – Gaiser, Fällung eines Teichs – Hildesheimer, Nachtigall – F. G. Jünger, Urlaub – Kaschnitz, Eisbären – Koeppen, Baseballspieler – Kunert, Zirkuswesen – Musil, Das Fliegenpapier – Novak, Abgefertigt – Reinig, Skorpion – A. Schmidt, Sommermeteor – Weyrauch, Beginn einer Rache.

Wolfgang Kopplin

Kontrapunkte

160 Seiten **Bestell-Nr. 0547–9**

Kontroversinterpretationen zur modernen deutschsprachigen Kurzprosa.

Prosatexte, zwischen 1963 und 1975 entstanden, dienen dem Autor dazu, die dialektische Methode des Pro und Kontra als Interpretationsansatz anzuwenden. Dem Primärtext schließen sich jeweils die Kontroversinterpretationen an. Ein Buch, welches Anregungen zum Verstehen und zur Entschlüsselung von Texten gibt.

Inhalt: Texte von Artmann – Bichsel – Dellin – Gerz – Gregor – Kunert – Reinig – Schnurre u. a. werden in einer Pro- und Kontra-Interpretation vorgestellt.

Albert Lehmann

Erörterungen

Gliederungen und Materialen
Methoden und Beispiele

2. verb. Auflage, 160 Seiten **Bestell-Nr. 0637–8**

Die vorliegende Sammlung von 52 Gliederungen, die durch Erläuterungen – vornehmlich Beispiele – zu den einzelnen Gliederungspunkten erweitert sind, sollen die Wiederholung des Jahresstoffes erleichtern.

Stoffkreisthemen: Natur – Tourismus – Technik – Freizeit – Arbeit/Beruf – Konflikte zwischen den Generationen – Die Stellung der Frau in der Gesellschaft – Entwicklungsländer – Sport – Massenmedien und viele Einzelthemen.

Für Lehrer ein unentbehrliches Nachschlage- und Vorbereitungsbuch.

Birgit Lermen/
Matthias Loewen

Trickfilm als didaktische Aufgabe

Band 1: Sekundarstufe I
232 Seiten – Fotos, kart. **Bestell-Nr. 0618–1**

Band 2: Sekundarstufe II
216 Seiten – Fotos, kart. **Bestell-Nr. 0619–X**

Die Untersuchung über den Trickfilm als didaktische Aufgabe trägt der unterschiedlichen Ausgangslage in den beiden Stufen des Sekundarunterrichts Rechnung durch die Aufteilung in zwei Bände.

Band 1 stellt sich gezielt auf die Bedürfnisse und Erwartungen der Sekundarstufe I ein. Aus der Eigenart des Mediums Trickfilm wird ein Analyse-Instrumentarium entwickelt, dessen Brauchbarkeit an 13 Filmen unterschiedlicher Herkunft erprobt wird. Auf der damit geschaffenen Grundlage wird ein didaktisch-methodisches Konzept erstellt.

Band 2 orientiert sich an den Bedürfnissen der Sekundarstufe II. Eine semiotische Einführung erweitert und vertieft die in Band I erstellte Grundlage. Im Mittelpunkt stehen wieder die Einzelanalysen, deren Zahl des größeren Umfangs wegen auf zwölf reduziert ist.

Wie in Band I soll beides – Analysen und Einführung – als Basis dienen für didaktische Fragestellungen und Entscheidungen.

Die Auswahl der Filme wurde in beiden Bänden bestimmt durch:

a) das Ausleihangebot der Stadt- und Kreisbildstellen in der Bundesrepublik,
b) die ästhetische Qualität,
c) die thematische Relevanz,
d) die didaktische Potenz.

Martin H. Ludwig

Das Referat

Kurze Anleitung zu einer Erarbeitung und Abfassung für Schüler und Studenten.

geh. **Bestell-Nr. 0646–7**

Planen und Sammeln – Bibliographieren – Schreiben und Zitieren – Lesen und Notieren – Auswerten und Gliedern – Der Text – Der Vortrag.

Methoden und Beispiele der Kurzgeschichten-Interpretation

3. Auflage, 64 Seiten **Bestell-Nr. 0585–1**

Herausgegeben und erstellt von einem Arbeitskreis der Pädagog. Akademie Zams.

Methoden: Werkimmanente, existenzialistische, grammatische, stilistische, strukturelle, kommunikative, soziologische, geistesgeschichtliche, historisch/biographisch/symbolistische Methode.

Beispiele: Eisenreich – Cortázar – Dürrenmatt – Brecht – Horvath – Bichsel – Kaschnitz – Lenz – Weißenborn – Rinser – Borchert – Nöstlinger – Wölfel – Langgässer.

An Beispielen ausgewählter Kurzgeschichten werden die einzelnen Methoden der Interpretation demonstriert und erläutert. Information und Nachschlagewerk für den Unterricht in den Sekundarstufen.

Reiner Poppe

Rechtschreibung

Texte und Übungen für die Klassen 5 und 6

196 Seiten **Bestell-Nr. 0595–9**

Zum Selbstunterricht mit Hinweisen zur Handhabung sowie didaktischen und methodischen Anleitungen für Unterrichtende.

Zu ausgewählten Rechtschreibschwierigkeiten wurden **Texte mit vielgestaltigen Übungen** in Einzelkapiteln zusammengefaßt. Jede Textgruppe ist mit einer knappen **Zusammenfassung** des voraufgegangenen Lernstoffes sowie **Erprobungsdiktaten** abgeschlossen. Testdiktate beschließen den Übungsteil. Es wurde besonders darauf geachtet, daß der Lernende Schwierigkeiten bewußt erfährt, **Lösungswege** und **Hilfen eigenständig** formuliert und **systematisch** üben kann.

Klaus Sczyrba

Komm, wir schreiben!

Rechtschreibübungsheft für das 2. und 3. Schuljahr

Format: DIN A4 – 40 farbige Illustrationen

2. Auflage, 36 Seiten, kart. **Bestell-Nr. 0614–9**

Freude ist der Motor zum Erfolg. Nach diesem Grundsatz will der Autor den Kindern durch die lustbetonte, sehr abwechslungsreiche Art dieses Heftes den Weg zu Rechtschreibsicherung leicht machen.
In frohem Tun werden fast unauffällig fundamentale Kenntnisse der Rechtschreibung angeeignet, ohne daß die Kinder dabei den Eindruck des Übens haben.

Klaus Sczyrba

Komm, wir schreiben!

Rechtschreibübungsheft für das 3. und 4. Schuljahr

Format: DIN A4 – 60 farbige Illustrationen

60 Seiten, kart. **Bestell-Nr. 0616–5**

Alle Übungen für die Kinder des 3. und 4. Schuljahres sind so angelegt, daß sie mit Freude durchgeführt werden. Sie enthalten kurzweilige Aufgaben, Reime und Rätsel. Die Richtigkeit der Lösungen kann leicht selbst überprüft werden.
Üben ist für Kinder oft freudlos und langweilig. Bei diesem Heft spüren sie aber nicht, daß „nur geübt" wird. In froher, zielstrebiger Arbeit wird fast unbewußt die Rechtschreibfertigkeit gesteigert.

Klaus Sczyrba

Lebensnahe Diktate

für die Grundschule mit angegliederten Übungsmöglichkeiten für das **2. bis 4. Schuljahr**

3. Auflage, 152 Seiten **Bestell-Nr. 0610–6**

Dieses Übungsbuch ist aus der Erfahrung langjähriger Schularbeit entstanden und soll den Kindern vom 2. bis 4. Schuljahr helfen, ihre Rechtschreibleistungen zu verbessern.
Dazu werden 150 Diktate geboten, die in Ausmaß und Schwierigkeitsgrad dem Alter der Kinder entsprechen.
Zur vertiefenden Behandlung aller Rechtschreibbereiche sind jedem Diktat eine Reihe Übungsmöglichkeiten beigefügt.

Klaus Sczyrba

Neue lebensnahe Diktate

mit zahlreichen Übungsmöglichkeiten für das **2. bis 10. Schuljahr**

312 Seiten **Bestell-Nr. 0611–4**

Wie in den früheren Ausgaben dieses Buches werden hier wieder über 200 Diktate geboten, die in Ausmaß und Schwierigkeitsgrad dem Alter des Kindes entsprechen.

Klaus Sczyrba

Lebensnahe Diktate

mit zahlreichen Übungsmöglichkeiten für das **5. bis 7. Schuljahr,** und Anhang mit Lösungen

2. Auflage, 240 Seiten **Bestell-Nr. 0613–0**

In diesem Übungsbuch werden 150 Diktate geboten, die Kindern des 5. bis 7. Schuljahres helfen sollen, ihre Rechtschreibkenntnisse zu verbessern.
Zur vertiefenden Behandlung aller Rechtschreibbereiche ist jedem Diktat eine Reihe Übungsmöglichkeiten beigefügt.

Klaus Sczyrba

Lebensnahe Diktate

125 Diktattexte mit 600 Lösungsmöglichkeiten für das **8. bis 10. Schuljahr**

210 Seiten + Lösungsteil, kart. **Bestell-Nr. 0471–5**

Das Buch will mit seinen Diktaten und Übungen zum richtigen Gebrauch unserer Sprache beitragen. Die Diktate sind nicht nur nach Rechtschreibschwierigkeiten oder zur Anwendung einer Regel konstruiert, sondern sind auf die Bedürfnisse von Zeit und Umwelt abgestimmt.
Übungsmöglichkeiten mit Lösungen machen dieses Buch für häusliches Arbeiten und für den Unterrichtsgebrauch gleichermaßen unentbehrlich.

Klaus Sczyrba

Lebensnahe Diktate

mit zahlreichen Übungsmöglichkeiten für das **5. bis 10. Schuljahr**

432 Seiten + Lösungsheft **Bestell-Nr. 0612–2**

Auch dieses Übungsbuch soll den Kindern vom 5. bis 10. Schuljahr helfen, ihre Rechtschreibleistung zu verbessern.
Die hier angebotenen 250 Diktate sind in Ausmaß und Schwierigkeitsgrad dem Alter entsprechend ausgewählt worden. Jedem Diktat ist eine Reihe Übungsmöglichkeiten beigefügt, ebenso wurde der entsprechende Wortschatz eingebracht.
Tabellen der Rechtschreibschwierigkeiten in den einzelnen Schuljahren runden dieses Übungsbuch ab.

Klaus Sczyrba

Lebensnahe Grammatik für die Grundschule

für das 2. bis 4. Schuljahr

140 Seiten **Bestell-Nr. 0673–4**

Die alltäglichen Begebenheiten zweier Kinder sind lebendige Einstiege in alle Bereiche der Grundschulgrammatik. In übersichtlicher Weise werden alle notwendigen Kenntnisse zur Beherrschung unserer Sprache kindgemäß vermittelt, die in den angegliederten Übungen angewandt werden können. So ist dieses Büchlein sehr hilfreich für den Unterricht in der Schule und die häusliche Einzelarbeit.

Klaus Sczyrba

Lebensnahe Sprachlehre in der Grundschule

50 Unterrichtsentwürfe für die Einführung aller wesentlichen Gebiete.

112 Seiten, Illustrationen, kart. **Bestell-Nr. 0615–7**

Neubearbeitete 2. Auflage

Diese Unterrichtsentwürfe haben sich als eine vielbegehrte Hilfe erwiesen und ermöglichen, daß der sonst so trockene Stoff der Sprachlehre lebensnah, auf lustbetonte Weise eingeführt wird.
Jeder Entwurf ist eine Unterrichtseinheit, die sich über einen längeren Zeitraum erstreckt.

Klaus Sczyrba

Lebensnahe Grammatik für die Sekundarstufe I

5.-10. Klasse
128 Seiten u. Lösungsheft kart.

Bestell-Nr. 0474-X

Wesentliche Ursache für die Fehlerhäufigkeit in der Rechtschreibung ist in der mangelnden grammatischen Erkenntnis zu suchen.
Das Buch will hier Abhilfe schaffen. In übersichtlicher Anordnung bietet es in den für das Leben wichtigen Bereichen der Grammatik viele Beispiele und Übungsmöglichkeiten.

Klaus Sczyrba

Rechtschreib–Olympiade

Übungen mit Lösungen für die 5. – 7. Klasse
128 Seiten **Bestell-Nr. 0475–8**

Unser Erfolgsautor Klaus Sczyrba bringt mit diesem Band ein lebensnahes Rechtschreibbuch auf den Markt, welches durch sein Wettbewerbcharakter sicher viele Übende ansprechen wird.
Kurze Übungstexte zu den Schwierigkeiten der deutschen Sprache werden allen Benutzern Hilfe geben und einprägsam zukünftige Fehler vermeiden helfen.

Englisch

Peter Luther / Jürgen Meyer

Englische Diktatstoffe

Unter- und Mittelstufe

2. Auflage, 64 Seiten, kart. **Bestell-Nr. 0647–5**

Beginnend mit einfachsten Texten und Erklärungen wird hier der Benutzer der Bücher mit der englischen Grammatik, Wortlehre und Rechtschreibung vertraut gemacht. Die Texte geben Hinweise auf die Vorbereitung zur Nacherzählung und sind gestaffelt nach Schwierigkeiten und Themengruppen. Worterklärungen und Übungen zur Selbstkontrolle runden den Band ab.

Jürgen Meyer / Gisela Schulz

Englische Synonyme als Fehlerquellen

Übungssätze mit Lösungen

116 Seiten, kart. **Bestell-Nr. 0596–7**

Dieses Übungsbuch will helfen, die im Bereich der Synonymie immer wieder auftretenden Fehler zu vermeiden.
Die Aufstellung beruht auf Beobachtungen, die die Verfasser im Unterricht gemacht haben und erhebt keinen Anspruch auf Vollständigkeit. Die Übungssätze wurden so formuliert, daß die wichtigen Bedeutungsnuancen so klar wie möglich hervortreten. Die zur Kontrolle beigefügten Lösungen geben an, ob und wo Fehler gemacht worden sind.

Jürgen Meyer

Deutsch-englische/ englisch-deutsche Übersetzungsübungen

9. bis 13. Klasse
104 Seiten **Bestell-Nr. 0594–0**

Texte für Fortgeschrittene, die ihre Kenntnisse in Wortanwendung und Grammatik erweitern und überprüfen wollen.
Zu den zeitgemäßen deutschen Texten wurden die Vokabeln und deren Anwendungsmöglichkeiten gegeben und erklärt.
Am Schluß des Bandes die englischen Texte zur Kontrolle.
Breit einsetzbar in den Sekundarstufen, Grund- und Leistungskursen.

Jürgen Meyer

Übungstexte zur englischen Grammatik

9. bis 13. Klasse
2. Auflage, 96 Seiten, kart. **Bestell-Nr. 0567–3**

Der Band enthält Übungsmaterial zu aktuellen Fragen, u. a. Sachtexte zu Personen, wissenschaftlichen Entdeckungen und zeitgeschichtlichen Ereignissen, die über das heutige Großbritannien und die USA informieren. Die Texte sind mit ausführlichen Hinweisen zu den Vokabeln sowie Übungen zur Syntax und zum Wortschatz versehen. Diskussionsvorschläge und ein sorgfältig aufbereiteter Schlüssel bieten zusätzliche Unterrichtshilfen. Das Buch ist sowohl für Gruppenarbeit als auch für das Selbststudium gut geeignet.

Jürgen Meyer/Ulrich Stau

Englisch 5./6. Klasse

Übungen mit Lösungen

ca. 128 Seiten – Viele Zeichnungen **Bestell-Nr. 0687-4**

Der gesamte Stoff Englisch der Klasse 5 und 6 wird in diesem Nachhilfebuch wiederholt. Die Benutzer können anhand von Übungen ihr Wissen testen und im Lösungsteil nachschlagen.
Der Stoff wurde den einschlägigen Lehrwerken an den Schulen der verschiedenen Bundesländer angeglichen um eine Benutzung nicht von den verschiedenen Kriterien der Bundesländer abhängig zu machen.
Den Schülerinnen und Schülern wird hier echte 'Lernhilfe' geboten!

Edgar Neis

Übungen zur englischen Herübersetzung

108 Seiten **Bestell-Nr. 0542–8**

Das Übungsbuch richtet sich an den Schüler, der ohne Hilfe eines anderen selbständig die Fertigkeit des Übersetzens aus dem Englischen erlernen will. 38 Texte aus Literatur und Sachschrifttum, jeweils mit Vokabelangaben versehen, kann der Übende ins Deutsche übertragen und anhand des Lösungsteils auf seine Richtigkeit hin überprüfen.
Die Texte eignen sich im Unterrrichtsgebrauch als Übungen zu Nacherzählung und Grammatik.

Edgar Neis

Wie schreibe ich gute englische Nacherzählungen?

7. Auflage, 84 Seiten, kart. **Bestell-Nr. 0526–6**

Langjährige, im gymnasialen Englischunterricht auf der Mittel- und Oberstufe sowie bei zahlreichen Abiturprüfungen gewonnene Erfahrungen haben zur Herausgabe dieses Buches geführt. Texterfassung und -darstellung, Wortschatzerweiterung, Regeln der Stillehre, Erzählstil, idiomatische Redewendungen, Homophone, unregelmäßige Verben, Comment u. v. a.
Musterbeispiele als Vorlagen für Lernende.

Französisch

Klaus Bahners

Französischunterricht in der Sekundarstufe II

(Kollegstufe)
Texte – Analysen – Methoden

104 Seiten, kart. **Bestell-Nr. 0565–7**

Dieses Buch wendet sich an alle, die jetzt oder künftig auf der neugestalteten Oberstufe (Sekundarstufe II) Französischunterricht erteilen; vor allem an jüngere Kollegen und Referendare, aber auch an Studenten, die sich auf den Übergang vom wissenschaftlichen Studium zur pädagogischen Umsetzung vorbereiten wollen.
Schließlich gibt „Französischunterricht in der Sekundarstufe II" auch Schülern der reformierten Oberstufe wertvolle Hinweise für den selbständigen Zugang zur Interpretation französischer Texte.

Paul Kämpchen

Französische Texte zur Vorbereitung auf die Reifeprüfung

80 Seiten, kart. **Bestell-Nr. 0522–3**

Übungen für die Grammatik, den Stil und eine der Prüfungsarten – die Nacherzählung – sollen hier dem Anwärter zur Prüfung nahegebracht werden. Kurze und lange Nacherzählungstexte mit Worterklärungen stehen hier als Übungstexte zur Verfügung.
Der Schüler oder Student kann anhand dieser Kurzgeschichten seine sprachliche Beweglichkeit unter Beweis stellen. Kleine und leichte Stücke, die sich nur für Anfänger und wenig Fortgeschrittene eignen, wurden weggelassen.

Alfred Möslein / Monique Sickermann-Bernard

Textes d'étude

64 Seiten, kart. Bestell-Nr. 0523–1

25 erzählende Texte aus der neueren französischen Literatur als Vorlagen für Nacherzählungen und Textaufgaben.
Durch unterschiedliche Längen und Schwierigkeitsgrade sowie durch breitgefächerte Thematik eignen sich diese Texte als Lektüre und Ausgangspunkt für Diskussionen im Unterricht. In den „Suggestions" findet man einige Anregungen für Übungen, die sich an die reine Textbehandlung anschließen können. Die Worterklärungen sollen das Verständnis der Texte erleichtern.

Werner Reinhard

Französische Diktatstoffe Unter- und Mittelstufe

1./2. Unterrichtsjahr sowie 3./4. Unterrichtsjahr
3. Auflage, 96 Seiten, kart. **Bestell-Nr. 0532–0**

Die nach dem Schwierigkeitsgrad geordneten Texte sind überwiegend Erzählungen und Berichte von Begebenheiten des täglichen Lebens, wobei unbekannte Vokabeln beigegeben sind. Mit den Texten lernt der Schüler die gehobene Umgangssprache, d. h. Vokabular und Wendungen, die er später für eigene Textproduktionen verwenden kann. Den Texten vorangestellt sind Bemerkungen zur Rechtschreibung, die nützliche Rechtschreibregeln enthalten.

Werner Reinhard

Übungstexte zur französischen Grammatik

9. bis 13. Klasse
2. Auflage, 128 Seiten, kart. **Bestell–Nr. 0543–6**

„Übungstexte zur französischen Grammatik" wendet sich an Lernende, die bereits einige grammatische Kenntnisse haben, sie jedoch festigen und vertiefen wollen. Es eignet sich aufgrund umfangreicher Vokabelangaben sowie des ausführlichen Lösungsteils zum Selbststudium, und vermag bei Schülern ab Klasse 9 Nachhilfeunterricht zu ersetzen.
Die textbezogenen Aufgaben berücksichtigen insgesamt die wichtigsten grammatischen Gebiete, ein Register ermöglicht auch systematisches Vorgehen.

Werner Reinhard

Übungen zur französischen Herübersetzung

96 Seiten, kart. Bestell-Nr. 0537–1

40 franz. Texte aus Literatur und Sachschrifttum, jeweils mit Vokabelangaben versehen, kann der Lernende ins Deutsche übertragen und anschließend, anhand des Lösungsteiles, seine Fassungen auf ihre Richtigkeit hin überprüfen. Dem Verfasser kam es bei den deutschen Übersetzungen nicht auf prägnanten Stil an, es ging ihm vielmehr um die inhaltlich richtige und vom Schüler nachvollziehbare Übersetzung. So enthalten die Herübersetzungen jeweils auch Anmerkungen mit wörtlichen Entsprechungen, Varianten und Hinweisen zur Grammatik. Breit einsetzbar in den Sekundarstufen.

Werner Reinhard

Kurze moderne Übungstexte zur französischen Präposition

120 Seiten, kart. **Bestell-Nr. 0568–1**

In einem lexikalischen Teil gibt das Übungsbuch zunächst einen Überblick über die Anwendung der wichtigsten Präpositionen. Auch die Präpositionen als Bindeglied zwischen Verb und Objekt bzw. Infinitiv (vor allem à und de) werden berücksichtigt. Listen erleichtern dabei systematisches Lernen.

Im anschließenden Übungsteil kann der Benutzer seine Kenntnisse überprüfen. Vorherrschende Methode ist die Einsetzübung. Mit dem Lösungsteil eignet sich das Buch gut zum Selbststudium. Einsetzbar für den Unterricht in den Sekundarstufen.

Christine und Gert Sautermeister

Der sichere Weg zur guten französischen Nacherzählung

– Zur Methodik des Hörens und Schreibens im Französischunterricht –

118 Seiten, kart. **Bestell-Nr. 0534–7**

Der erste Teil des Buches will auf die Bedingungen richtigen Hörens aufmerksam machen und Wege zum besseren Hören skizzieren. Der zweite Teil gibt Anregungen, die Grundrisse des Textes, der Gelenkstellen, Höhepunkte, Pointen nochmals zu vergegenwärtigen.

Spezifische Formulierungsprobleme der Nacherzählung entfaltet der dritte Teil.

Gemeinschaftskunde

Peter Beyersdorf

Die Bundesrepublik Deutschland

Arbeitshefte zur Sozial- und Gesellschaftskunde

Band 1:

Strukturen und Institutionen

mit Text des Grundgesetzes

124 Seiten **Bestell-Nr. 0507–X**

Band 2:

Parteien und Verbände

84 Seiten **Bestell-Nr. 0508–8**

Band 3:

Außenpolitische Entwicklung

72 Seiten **Bestell-Nr. 0509–6**

Diese Reihe wurde vor allem für den Bereich der politischen Pädagogik geplant: für Lehrer und Schüler also in erster Linie. Das gilt für Gymnasien und höhere Schulen insgesamt, für Berufsschulen und nicht zuletzt für den großen Bereich der Erwachsenenbildung in den Volkshochschulen.

Jedes Heft enthält neben dem Textteil einen Dokumentenanhang und ein Literaturverzeichnis; darin wird auf spezielle, einzelne Themen vertiefende Bücher hingewiesen.

Mit Hilfe dieser „Arbeitshefte" wird es dem Benutzer möglich, die grundsätzlichen politischen Zusammenhänge unseres Gemeinwesens und die Struktur der internationalen Politik zu erkennen. Dazu werden nicht nur Daten und Fakten angeboten, sondern zugleich auch deren Erklärung und Interpretation. Stand 1970!

Geschichte

Peter Beyersdorf

Geschichts-Gerüst

von den Anfängen bis zur Gegenwart

4 Teile in einem Band

228 Seiten **Bestell-Nr. 0551–7**

Der Primaner, der das „Skelett" dieses „Gerüstes" beherrscht, sollte allen Prüfungsanforderungen gewachsen sein!

Das vorliegende Werk will kein Ersatz für bereits bewährte Bücher ähnlicher Art sein, sondern einem **Auswahlprinzip** huldigen, das **speziell auf Gymnasien,** kurz **alle weiterführenden Schulen zugeschnitten** ist. Daher erklärt sich die drucktechnische Hervorhebung des besonders Wesentlichen (Fettdruck).

Teil I: Von der Antike bis zum Beginn der Völkerwanderung (ca. 3000 v. Chr. bis 375 n. Chr.)

Teil 2: Von der Völkerwanderung bis zum Ende des Mittelalters (375 –1268)

Teil 3: Vom Übergang zur Neuzeit bis zum Ende des 1. Weltkrieges (1268–1918)

Teil 4: Vom Beginn der Weimarer Republik bis zur Gegenwart (1918 – 1987)

Latein

Reinhold Anton

Die Stammformen und Bedeutungen der lateinischen unregelmäßigen Verben

Anleitung zur Konjugation von etwa 1600 einfachen und zusammengesetzten unregelmäßigen Verben.

5. verbesserte Auflage

40 Seiten, kart. **Bestell-Nr. 0500–2**

Oswald Woyte

Latein-Gerüst

Der gesamte Stoff bis zur Sekundarstufe II (Kollegstufe) in übersichtlicher Anordnung und leichtverständlicher Darstellung mit Übungstexten, Übungsaufgaben und Schlüssel.

Teil 1: **Formenlehre**
116 Seiten, kart. **Bestell-Nr. 0552–5**

Teil 2: **Übungsaufgaben und Schlüssel zur Formenlehre**
144 Seiten, kart. **Bestell-Nr. 0553–3**

Teil 3: **Satzlehre**
104 Seiten, kart. **Bestell-Nr. 0554–1**

Teil 4: **Übungsaufgaben und Schlüssel zur Satzlehre**
72 Seiten, kart. **Bestell-Nr. 0555–X**

jeweils 2. Auflage

Die vier Bände ersparen den Lernenden die Nachhilfestunden und bieten ein unentbehrliches Übungs- und Nachschlagewerk bis zur Reifeprüfung.

Der Autor hat aus einer Praxis als Oberstudiendirektor die Schwierigkeiten der lateinischen Sprache für den häuslichen Übungsbereich aufbereitet und leicht faßbar erläutert. Lernanweisungen sollen das Einprägen erleichtern.

Friedrich Nikol

Latein 1

Übungen mit Lösungen für das erste Lateinjahr in zwei Bänden.

Band 1/**Erstes Halbjahr**
mit Lösungsteil
kart. **Bestell-Nr. 0634–3**

Band 1/**Zweites Halbjahr**
mit Lösungsteil
kart. **Bestell-Nr. 0635–1**

In beiden Teilbänden wird der gesamte Stoff des ersten Lateinjahres behandelt.

Latein 2

(2. Lateinjahr)
kart. **Bestell-Nr. 0638–6**

Der lateinische Wortschatz ist in den Büchern genau angegeben und den verschiedenen lateinischen Unterrichtswerken angepaßt, die in den einzelnen Bundesländern zugelassen und eingeführt sind.
Bei gründlicher häuslicher Nachhilfe mit den Büchern wird der Übende immer mehr Freude an Latein bekommen, und bald wird sich auch der Erfolg bei den Leistungen in der Schule zeigen.

Suchen Sie Wortgetreue Übersetzungen und Präparationen zu Ihren Schullektüren römischer und griechischer Klassiker?
Sie finden in der **Kleinen Übersetzungbibliothek** in 500 Bänden im Kleinformat wörtliche deutsche Übersetzungen
Fordern Sie das ausführliche Verzeichnis an!

Mathematik

Bernd Hofmann

Algebra 1

Mathematikhilfe für die 7./8. Jahrgangsstufe weiterführender Schulen
216 Seiten **Bestell-Nr. 0580–0**

Helmut Kürzdörfer

Geometrie 1

Mathematikhilfe für die 7./8. Jahrgangsstufe weiterführender Schulen
232 Seiten **Bestell-Nr. 0581–9**

Diese Bücher sind im wesentlichen auf den Lehrstoff des 7. und 8. Schuljahres abgestimmt.
Sie gliedern sich in Kontroll-, Übungs- und Lösungsteil. Ausgerichtet sind sie als unterrichtsbegleitende Werke auf Schüler und die ihnen hilfreich zur Seite stehenden Eltern.
Nützlich sind sie aber auch wegen des großen und vielseitigen Angebots an Übungsaufgaben (mit vollständigen Lösungswegen) **für Lehrer.** Von ähnlichen Unterrichtshilfen heben sie sich durch die kurze, übersichtliche und verständliche Darstellung sowie durch gute Überprüfbarkeit der Kenntnisse ab. (Besprechung der Bibliothekszentrale, Reutlingen).

Lothar Deutschmann

Mathematik

Wegweiser zur Abschlußprüfung
Mathematik I, II und III an Realschulen
Anhang: Reifeprüfungsaufgaben mit Lösungen 1980/1981/1982/1983
168 Seiten + 121 Abb.
kart. **Bestell-Nr. 0644–0**

Ein erfahrener Pädagoge erteilt Nachhilfeunterricht in Mathematik.

Friedrich Nikol/Lothar Deutschmann

Algebra 2

Mathematikhilfe für die 9./10. Klasse
Übungaufgaben und Schulaufgaben mit Lösungswegen und Lösungen.
168 Seiten + 46 Abb.
kart. **Bestell-Nr. 0645–9**

Anhand von Klassenarbeiten und Probearbeiten wird versucht, den Schülern Nachhilfe zu erteilen.
Lösungswege und Lösungen erleichtern das Auffinden eigener Fehler.

Ruth Kirchmann

Zielscheibe Mathematik

Wenn Schüler vor Mathematik zurückschrecken, liegt es häufig an den Lücken, die irgendwann entstanden sind und das Verständnis des ganzen folgenden Unterrichtsstoffes blockieren.

Dezimalzahlen

78 Seiten – viele Abbildungen
+ 8 Seiten Lösungsheft

Bestell-Nr. 0671–8

Johannes Lorenz

Mathematik-Gerüst-Unterbau

6. Auflage
84 Seiten, kart. **Bestell-Nr. 0558–4**

Sammlung von Formeln und Sätzen mit zahlreichen Musteraufgaben und vielen Figuren.

Inhalt: Zahlenrechnen – Algebra – Gleichungen – Logarithmen – Geometrie – Stereometrie – Trigonometrie.

Dieser Band richtet sich an den Lernenden, der in kurzer Form seine Kenntnisse wieder auffrischen möchte und anhand von Musteraufgaben Lösungswege rekonstruieren will.

Bis Sekundarstufe I.

Georg Ulrich/Paul Hofmann

Geometrie zum Selbstunterricht

Ein vollständiger Lehrgang der Geometrie zum Selbstunterricht und zur Wiederholung und Nachhilfe. Von der elementaren Geometrie über die Differential- und Integralrechnung bis zur Integralgleichung bieten die Bände den gesamten Stoff der Oberschulen bis zur Sekundarstufe II.

Übungsaufgaben mit Lösungen erleichtern die Verfolgung des Rechenweges und deren Einprägung und Verstehen.

1. Teil:

Planimetrie

172 Seiten, kart. **Bestell-Nr. 0576–2**

2. Teil:

Trigonometrie

136 Seiten, kart. **Bestell-Nr. 0540–1**

3. Teil:

Stereometrie

148 Seiten, kart. **Bestell-Nr. 0577–0**

4. Teil:

Analytische Geometrie

232 Seiten, kart. **Bestell-Nr. 0536-3**

Robert Hippe

Philosophie-Gerüst

Teil 1
96 Seiten **Bestell-Nr. 560–6**

Der erste Band des „Philosophie-Gerüsts" will an die Geschichte der abendländischen Philosophie heranführen, dem Leser einen Überblick über die Jahrhunderte philosophischen Denkens geben.

Aus dem Inhalt: Was ist Philosophie? Die griechische Philosophie – Die hellenistisch-römische Philosophie – Die Philosophie des Christentums – Die Philosophie des Mittelalters, im Zeitalter der Renaissance und des Barocks – Die Philosophie von der Aufklärung bis zu Hegel – Die Philosophie der Gegenwart. Anhang – Bibliographie u. a.

Teil 2
80 Seiten **Bestell-Nr. 561–4**

Im zweiten Band werden die Disziplinen der reinen und angewandten Philosophie behandelt, und dem Benutzer ein Überblick über den gewaltigen Umfang des Bereichs der Philosophie gegeben.

Aus dem Inhalt: **Die Disziplin der reinen Philosophie:** Logik und Dialektik – Psychologie – Erkenntnistheorie – Ontologie und Metaphysik – Ethik – Ästhetik.

Die Disziplinen der angewandten Philosophie: Naturphilosophie und Philosophie der Mathematik – Geschichtsphilosophie – Rechts- und Religionsphilosophie – Philosophische Anthropologie und Existenzphilosophie – Sprachphilosophie.

Philosophie und Weltanschauung
Bibliographischer Anhang u. a.

Physik

Robert Gehr

Einführung in die Atomphysik

Vorbereitungshilfen für das Physik-Abitur an mathematisch-naturwissenschaftlichen Gymnasien.

152 Seiten, kart. **Bestell-Nr. 0511–8**

Inhalt: Das Atommodell der kinetischen Gastheorie – Die atomistische Struktur der Elektrizität – Energiequanten und Korpuskeln – Atommodelle – Kernphysik – Nachweismethoden für Strahlungen.

Das Ziel des Buches ist, den Physikstoff der Abschlußklassen im Hinblick auf die Reifeprüfung umfassend und gründlich darzustellen, andererseits aber auch – gemäß dem Bildungsauftrag einer höheren Schule – in das (physikalische) Weltbild der Gegenwart einzuführen.

Thomas Neubert

Physik 11. KLasse

Nachhilfebuch mit Lösungen
104 Seiten, kart. **Bestell-Nr. 0684-X**

Dieses Buch basiert auf den neuesten Lehrplänen **Physik 11. Klasse** der Bundesländer.

Jeder behandelte Abschnitt ist in einen Grundlagenteil und einen Aufgabenteil mit vollständigen Lösungen aufgeteilt.

Dieser Band knüpft lückenlos an den im **Physik–Gerüst Sekundarstufe I** behandelten Stoff an.

Thomas Neubert

Physikalische Formelsammlung

32 Seiten, kart. **Bestell-Nr. 0683-1**

Für den Schulunterricht und für häusliches Arbeiten ein wichtiges Hilfsmittel – echte Lernhilfe!